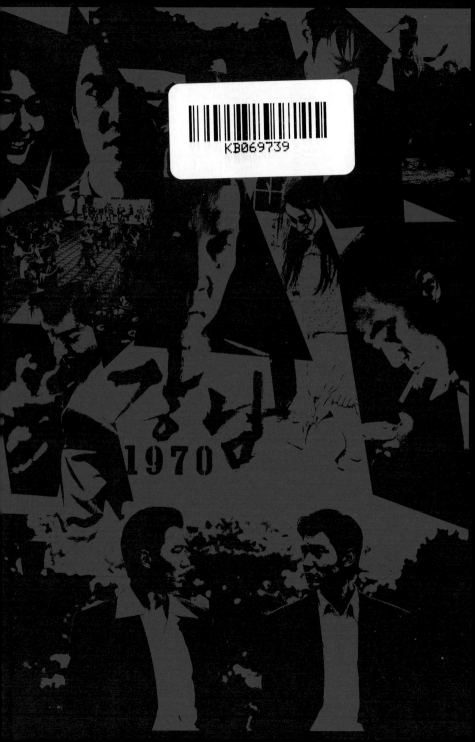

강남
1970

강남 1970

1판 1쇄 인쇄 2015년 1월 15일 **1판 1쇄 발행** 2015년 1월 19일

원작 유하 **각색** 이언
펴낸이 김강유
책임편집 이승희 김은영 **편집** 장선정 박은경
책임디자인 이경희
저작권 차진희 박은화
책임마케팅 김용환 박제연 김새로미
마케팅 박치우 김재연 백선미 고은미 이헌영
제작 김주용 안해룡 박상현 이종문 **경영지원** 김혜진 송은경
제작처 민언프린텍 금성엘엔에스 정문바인텍

발행처 비채코리아북스
주소 서울특별시 종로구 북촌로 63-3(110-260)
등록 2005년 12월 20일(제300-2005-212호)
주문 및 문의 전화 031)955-3200 **팩스** 031)955-3111
편집부 전화 02)3668-3292 **팩스** 02)745-4827 **전자우편** literature@gimmyoung.com
비채 카페 cafe.naver.com/vichebooks **트위터** @vichebook
페이스북 facebook.com/vichebook

ISBN 979-11-85014-79-1 03810 책값은 뒤표지에 있습니다.
비채코리아북스는 김영사의 문학브랜드입니다.

강남 1970

유하 원작

/

이언 각색

비채

/

　모든 창작자에게는 감수성이 예민한 시기에 맞닥뜨린 '핵체험'이 있게 마련이다. 나에게는 강남이 공간과 시간, 이중의 의미에서 그런 원체험에 해당한다.

　1974년, 이사를 와 처음 맞닥뜨린 강남은 농경문화와 도시문화가 극단적으로 충돌하는 기이한 공간이었다. 강남 개발 붐이 일면서 신식 양옥집과 황토색 황금물결, 다 쓰러져가는 집들이 공존했고, 〈말죽거리 잔혹사〉에 나온 모교 또한 이주민과 원주민의 자녀들이 책상을 나란히 하고 있었다. 그리고 어느 순간, 원주민이었던 친구들이 더 남쪽으로 밀려나 자퇴 또는 퇴학의 형태로 학교를 떠났다.

　등굣길에 학생과 넝마주이로 만났던 순간들. 이후 거리의 부랑자로 불리게 된 그 친구들의 이야기를 영화로 만들고 싶다는 생각을 〈말죽거리 잔혹사〉가 끝날 무렵에 하게 되었다. 그러다, 강남 개발계획의 정치적 비사를 소개하고 있는 《서울 도시계획 이야기》를 접하게 되면서 〈강남 1970〉은 내게 구체적 실체를 띠고 다가오기 시작했다.

돈이 지상 최고의 가치가 된 한국의 천민자본주의. 나는 그 양
극단의 맨 얼굴이라 할 수 있는 넝마주이와 오렌지족을 다 강남
에서 만났고, 그 극단의 사이를 계속 걸어가며 경계인으로서 시
도 쓰고 영화도 만들었다.

군사문화의 폭력성이 지배했던 사춘기, 수컷되기와 남성성을
강요받았던 고등학교 이래 〈말죽거리 잔혹사〉를 통해 제도 교
육이 어떻게 폭력성을 키워내는가를 다뤘고, 〈비열한 거리〉에서
돈이 형님이 되는 사회, 돈이 폭력성을 어떻게 소비하는가를 다
루었다면 〈강남 1970〉은 권력이 폭력을 소비하는 이야기를 다
룬다.

하지만 '거리 삼부작'을 관통하는 주제는 여전히 폭력성과 청
춘이라는 두 가지 테마의 공존과 충돌, 중심에 편입되지 못하고
거리에서 배회할 수밖에 없는 뒤틀린 청춘의 초상이다.

감독 유하

차례

등장인물

김종대

겁 없는 젊음. 우연히 전당대회 습격에 합세했다가 친형 같았던 '용기'를 잃어버린 후 강길수의 식구가 된다.

"내 땅 한번 원 없이 만들어볼 거야."

백용기

'한탕'을 꿈꾸는 청춘. 종대와 함께 전당대회를 습격했다가 양기택파에 합류하게 되고, 종대와 다른 길을 간다.

"군바리하고 건달은 줄을 잘 서야 돼."

강길수

남순철파의 중간보스. 종대를 아들로 받아들인다. 딸 선혜를 위해 조직생활을 접고 빚을 내어 세탁소를 차린다.

"난 네가… 없이 살아도 사람답게 살았으면 좋겠다."

민 마담(민성희)

정계와 밀접한 관계를 이용, 땅을 사고 땅값을 부풀린 '복부인'.

"영동 쪽에 땅을 보고 있는데 같이 반지 좀 돌리죠."

김 부장(김정규)

정부의 실세인 중앙정보부의 부장. 정보와 돈줄을 쥐락펴락하며 강남 개발의 최전선에서 비밀스럽게 움직인다.

"서울을 강남으로 옮기면 어때?"

서 의원(서태곤)

부동산 큰손. 5.16 이후 정계로 진출한다.

"새로운 남서울의 미래를 위하여!"

박 의원(박승구)

여당인 정화당의 재정위원장. 과거 서 의원 밑에 있었지만 전당대회 습격의 책임을 진 서 의원이 사퇴한 후 여당의 실세가 된다.

"서울이 옮겨간다는데 땅값이라고 가만있겠어?"

강선혜

길수의 하나뿐인 혈육이자 종대에게는 목숨보다 소중한 누이.

• 남순철파

남순철

남순철파의 보스, 서 의원에게 상가운영권을 받기 위해 야당 전당대회에 장덕재, 양기택파와 연합하여 대회장을 습격한다. 그러나 강길수가 괴한에게 당한 날, 역시 불의의 습격을 받아 숨을 거둔다.

강길수

남순철파의 중간보스.

창배

의리로 똘똘 뭉친 행동대장. 남순철파에서 강길수를 돕는다. 판잣집을 부수다가 용기와 종대를 조직으로 끌어들인 인물이다.

명춘, 병삼

남순철파가 와해된 후에도 길수의 곁을 떠나지 않는 조직원들. 창배, 종대와 함께 민 마담을 도와 강남에 진출하려 한다.

• 장덕재파

장덕재

영등포지역을 장악하고 있는 '장덕재파'의 보스.

• 양기택파

양 전무(양기택)

과거 서 의원 밑에 있었으나 박 의원이 새로운 실세가 되자 그의 편에 선다. 대왕호텔 인수 건으로 장덕재, 서 의원과 척을 지게 된다.

백용기

기택의 신임을 얻어 호텔과 업장 등을 맡아 세력을 키워 간다.

주소정

양기택의 애인 노릇을 하고 있지만 마음으로는 용기를 사랑하고 있다.

재필

양기택파의 부두목. 용기를 눈엣가시로 여긴다.

민규

용기와 여러 추악한 작업을 함께한다.

경표

용기보다 먼저 양기택파에 발을 들였으나, 승승장구하는 용기에게 밀리고 만다.

철승

양기택파로 재필을 도와 생활을 한다.

• 그 밖의 인물들

구 사장
봉봉카바레의 주인이자 퇴역 건달. 조직을 떠나고자 하는 길수에게 돈을 빌려준다.

춘호
일명 '강남 제비'.

정민
선혜의 남편.

PART 1
맨주먹 시대

넝마주이

1965년 늦겨울도 끝나가는 수원. 골목마다 전쟁이 남긴 빈곤의 상흔이 여실히 남았다. 천변을 따라 고만고만한 집들이 가난한 살림살이를 훤히 드러낸 채 늘어서 있다. 그 길 위로 물지게를 진 사내가, 한 아름 빨랫감을 안은 아낙이, 구두 통을 맨 아이가 지친 걸음으로 오고 간다. 허연 연탄더미와 쓰레기가 군데군데 쌓여 있는 골목의 오후, 허술한 옷차림으로 추운 줄 모르고 뛰어다니는 동네 꼬마들의 목소리가 낭랑하다.

기차가 지나가며 조용하던 동네에 굉음이 쏟아진다. 개천이 흐르는 굴다리 밑, 넝마를 줍는 두 사람이 있다. 종대와 용기. 스물 남짓의, 서럽도록 젊고 건장하고 아름다운 청년들이다.

함석 집게로 길섶에 떨어진 고철이며 비닐 등을 주워 담은 종대가 그것을 어깨에 멘 망태에 집어넣는다. 무표정한 얼굴에 느릿느릿 권태롭기 그지없는 동작이다.

또 다른 청년, 용기가 망태를 내려놓고는 천변의 비탈진 흙바닥에 걸터앉는다. 꽁초가루를 종이에 올리고 침을 묻혀서 만다. 궐련처럼 말린 종이담배에 불을 붙여 한 모금 들이마신다.

"맛있냐?"

종대가 다가와 담배를 낚아채서는 길게 한 모금 빨았다.

"어허, 형님 피우시는 담배를 감히?"

용기가 다시 담배를 빼앗는다. 신문쪼가리 궐련을 티격태격 뺏어 피우는 두 청년은 여느 사이좋은 형제의 모습 그대로다. 가진 건 없지만 고아원 시절부터 지금까지 함께 의지해온, 피붙이보다 끈끈한 두 사람이다.

예닐곱 살 정도 되어 보이는 사내아이 하나가 건너편 둑 위에 서 있다. 솜사탕을 들고 종대와 용기를 물끄러미 바라보는 아이의 시선에 호기심이 가득하다. 꼬마를 돌아본 종대가 빙그레 웃음을 지어 보였다. 그런데 아이가 반응을 보이기도 전, 웬 아낙이 나타나 황급하게 아이의 손을 잡아끌었다.

"어서 와. 잡혀가고 싶어?"

아낙의 손에 이끌린 아이가 골목 안으로 사라진다. 종대가 쓴 웃음을 지었다. 거지꼴로 살다 보니 별 오해를 다 받는구나. 아이들이 떼를 쓰고 울면, 엄마들은 '망태 아저씨' 온다고 입 다물라는 협박(?)을 한다지. 너 같은 어린애 간을 빼간다고 엄포를 놓는다지.

"일어나자 형. 망태나 채우자고."

종대가 망태를 짊어지고 다시 넝마주이에 나선다. 뒤따라 망태를 들쳐 메던 용기의 눈이 반짝인다. 저편 골목을 어슬렁거리는 교복 차림의 고등학생 둘을 발견한 것이다.

"잠깐만. 나 쟤네들 좀 만나줘야겠다."

"뭐야, 그러지 마!"

"기다려봐."

잠시 후, 쓰레기가 수북한 장터 한구석. 용기와 고등학생 둘이 마주보고 서 있다. 잔뜩 주눅 든 학생들을 상대로 돈을 뜯는 중이다.

"돈 정말 없는데요. 정말이에요."

"아 씨발, 확 센타 깐다?"

종대는 저편 시장 바닥을 맴돌며 묵묵히 넝마를 줍고 있다. 그러다가 고개를 들어 열심히 '삥'을 뜯는 용기를 한심한 듯 바라본다. 잠시 후, 용기의 다급한 외침이 들려왔다.

"야, 튀어!"

고개를 쳐든 종대의 눈이 커졌다. 혼비백산 이쪽으로 달려드는 용기의 뒤로 고등학생 대여섯 명이 무섭게 쫓아오고 있다. 덩치깨나 있는 운동부 학생들이다. 잡히면 무사하지 못할 것이다. 종대가 얼떨결에 용기를 따라 도망치기 시작했다. 넝마가 가득 든 망태가 등 뒤에서 덜렁덜렁 춤을 추었다.

"야 양아치 새끼들아 거기 안 서!"

운동부 패거리들의 고함이 뒷덜미를 잡을 듯 거세다. 그들과의 거리가 조금씩 좁혀지고 있다. 도망치던 종대가 달려오는 덩치들 앞에 노점 리어카를 냅다 밀어젖혔다. 와르르 물건들이 쏟아지고, 속도를 줄이지 못한 학생들이 리어카에 부딪쳐 엎어지고 자빠진다. 와당탕 소리와 한데 얽힌 비명과 신음. 순식간에 난장판이 된다. 겨우 그들을 따돌린 종대와 용기가 발이 보이지 않을 정도로 빠르게 달아났다.

온종일 모은 그날그날의 넝마를 돈과 맞바꾸는 곳. 고물상을 지나야 그들의 고단한 하루도 끝나곤 했다. 종대와 용기는 망태 속 고철과 비닐 따위를 고물상 마당에 우수수 쏟았다. 고약한 인상의 주인이 다가와 무게를 달았다. 종대가 그 모습을 지켜보고, 고물상 한쪽에서는 용기가 다른 넝마주이들과 모여서 짤짤이를 하고 있다.

"자, 받아."

주인이 건네는 지폐는 고작 삼십 원이다. 종대가 투덜거렸다.

"이게 뭐예요?"

"뭐라니."

"두 추렁이면 세 관이 넘잖아요."

주인은 말도 안 되는 소리라는 듯 고개를 젓는다.

"세 관 같은 소리 하네. 저울 안 보여?"

순간적으로 화가 치밀어 올랐다. 종대가 냅다 따지고 들었다.

"계속 그냥 넘어가니까 누굴 호구로 아나? 아저씨가 저울 만졌잖아!"

"뭐 이 새끼야? 이런 꿀양아치 같은 자식이."

주인이 종대의 머리를 냅다 후려친다.

"에이 씨발 왜 때려!"

종대가 주인의 멱살을 틀어쥐고 한 대 칠 듯 노려보았다. 짤짤이를 하던 용기가 급히 달려와 두 사람을 뜯어말린다.

"야야, 그만 둬."

"이거 놔!"

고물더미에 폐품을 쏟던 고물상 직원 세 명이 주인을 거들기 위해 험악한 얼굴로 몰려들었다. 종대와 용기는 욕설을 퍼부으며 그들과 거칠게 드잡이를 벌였다. 가진 것은 없지만 한 성깔 있는 패기만큼은 어디 가서도 절대 주눅 들지 않는 그들, 넝마주이 형제다.

복서들

저녁나절이다. 종대와 용기는 날 저무는 하천 둔덕에 나란히 앉아 식은 옥수수 죽으로 끼니를 때우는 중이다. 한창 나이의 허기를 달랠 수 있는 저녁은 아니었다.

"이것도 음식이라고 먹고살겠다고……."

투덜거리던 용기가 품에서 부스럭부스럭 뭔가를 꺼내 보인다. 라면 한 봉지다.

"어디서 났어?"

"뽀렸지."

라면을 잘게 부스러뜨린 용기가 몇 조각을 종대의 옥수수 죽에 넣어주었다. 종대가 피식 웃었다.

"이러면 죽이 라면 돼?"

그러고는 옥수수 죽에 섞인 라면 조각을 한입 떠 넣었다. 어느 가게 앞에 놓인 평상에서는 주인 내외와 아이들이 둘러앉아 밥을 먹고 있다. 밥상 위 찌개냄비와 밥주발에서 모락모락 김이 난다. 가족의 단란한 저녁식사 장면을 종대가 물끄러미 바라보왔다.

"아 씨발, 나는 언제쯤 저런……."

라면 조각을 오독오독 씹던 용기가 고개를 들었다.

"응?"

"아냐. 아무것도."

"지금 뭐라고 했잖아."

"아무것도 아니라고."

무허가 주택가. 허름하게 올린 슬레이트에도 어김없이 밤이 찾아왔다. 백열등이 희미하게 켜진 방 안은 방이라고 할 수도 없을 만큼 초라하다. 벽에 기대앉은 종대가 심각한 얼굴로 종이 한 장을 들여다보고 있다. 철거 계고장. 무허가 주택들을 곧 허물 테니 어서 이주하라는 내용이다. 이것도 집이라고 나가라고 하는구나. 용기는 해진 이불을 쓰고 누운 채 와들와들 떨고 있다.

"존나게 춥다. 봄인데 왜 이렇게 추운 거야."

종대가 계고장을 집어던졌다.

"에이 씨발, 당장 여기서 쫓겨나면 어디로 가야 해?"

"내 집 놔두고 어딜 가 새끼야. 끝까지 버텨야지. 어우 추워. 안 되겠다."

벌떡 일어나더니 백열등 전선의 매듭을 풀어낸다.

"뭐해?"

"보면 몰라? 이럴 땐 역시 전기난로지."

다시 누운 용기가 줄이 풀린 백열전구를 품에 안았다.

"야, 전기 올라 뒈진다."

"걱정 마. 얼어 죽는 거보단 낫다. 아, 씨발. 우린 언제 뜨뜻한 아랫목에서 자보냐?"

종대는 십 원짜리 쌈짓돈을 한데 모아 깡통에 넣고는 탁, 하고 소리 나게 뚜껑을 닫았다.

"형, 다 때려치고 서울 갈까."

"서울은 왜."

"가서 공장을 다니든지."

"공장 좋아하네. 주민등록도 안 돼 있는 놈들을 누가 써주냐?"

"하긴……."

"기왕 갈 거면 앗쌀하게 한탕 하는 게 어때?"

"한탕?"

"칼빈 총 하나 구해서 은행을 멋지게 털어보자고. 그래야 집 한 채는 떨어지지 않겠어?"

"방 한 칸은 생기겠네. 깜방."

"에이 씨발, 춥다."

전구를 끌어안은 용기가 새우처럼 몸을 웅크렸다. 종대가 낡은 권투글러브를 집어 한 짝을 용기에게 던졌다.

"형, 한판 뛰자. 열 좀 나게."

"열은 이미 나고 있다."

"어이, 일어나 봐. 이긴 놈이 이불 다 덮는 거야."

"까불지 마 새끼야."

종대가 웅크려 있는 용기의 머리에 연신 잽을 내리꽂았다.

"잽, 잽!"

"건드리지 좀 마."

"잽, 잽!"

"에이 씨발 진짜! 죽고 싶어서."

잽싸게 글러브 한 짝을 낀 용기가 길게 주먹을 날렸다. 몸을 숙여 피한 종대가 재차 가벼운 잽을 날리며 히죽거렸다.

"나비처럼 날아서 벌처럼 쏜다. 캐시어스 클레이!"

"웃기고 있네. 그럼 나는 좆 프레이져다, 씹새끼야!"

용기가 스텝을 밟으며 속사포처럼 잽을 내밀고, 종대는 더킹 모션으로 잽을 요리조리 피하며 양 훅을 날렸다. 깊은 밤 좁고 추운 방. 두 청년이 툭탁툭탁 권투를 하며 추운 몸을 덥힌다. 그러다가 픽! 방바닥을 구르던 백열전구가 용기의 발에 밟히며 터지고 말았다. 그렇잖아도 어둑하던 방 안을 칠흑 같은 어둠이 덮친다.

"아, 뭐야 씨발!"

장안 인력사무소

늦은 아침. 환한 햇살이 문틈을 비집고 들어온다. 방 안에 종대와 용기가 이불을 뒤집어쓴 채 나란히 잠들어 있다. 바깥이 시끄럽다. 어디서 공사라도 하는 것일까.

쾅!

굉음과 함께 포클레인의 거대한 삽이 천장을 뚫고 들어왔다. 그 바람에 슬레이트와 판자 조각, 흙더미들이 후드득 쏟아져 내렸다. 뿌옇게 떨어지는 파편들을 맞으며, 종대와 용기가 눈을 뜨고 일어났다. 느닷없는 광경에 화들짝 놀라고 만다.

"뭐, 뭐야?"

"으와 씨발 맙소사!"

부서진 천장 안으로 비집고 들어온 포클레인이 급기야 우지직! 거칠게 지붕을 부수기 시작했다. 흙과 슬레이트 파편들이 다시 쏟아져 내렸다. 이러다 깔려 죽겠구나. 사색이 된 종대와 용기가 집 밖으로 황급히 뛰쳐나왔다.

집 밖에는 무허가 판자촌을 철거하던 이들이 있었다. 남순철과 수하의 박창배와 명춘 등 용역건달들이다. 그들 역시 집 안에서 뛰쳐나오는 사람을 보고는 크게 놀라고 만다. 창배가 황당한 눈으로 두 사람을 바라보았다.

"이 새끼들 뭐야? 나가란 지가 언젠데, 아직까지 자빠져 있어?"

건달 한 명이 다가오며 욕설을 내뱉었다.

"죽으려고 환장했냐? 씨발놈들아!"

포클레인의 강한 완력에 못 이긴 판잣집이 그 순간 와르르 주저앉고 말았다. 뿌연 먼지 속에서 폭삭 무너져 내린 집을, 종대와 용기가 멍히 바라보았다.

"에이, 이런 개새끼들!"

부아가 치민 종대가 다가오는 건달의 복부를 발로 찼다. 순식간에 일격을 당한 그가 나동그라지고 말았다. 다른 건달 두 명이 벼락같이 종대와 용기에게 달려들었다. 티격태격 싸움이 벌어졌지만 말리는 사람은 없었다.

장안 인력사무소. 허름한 사무실 탁자에는 각목과 도끼, 망치, 해머 등의 연장이 가득했고, 대여섯 명의 건달이 한데 모여 연장을 점검하는 중이다. 그리고 구석에는 종대와 용기가 무릎을 꿇고 있다.

"씨발새끼들!"

건달 하나가 분이 가시지 않은 듯 두 사람을 걸어차 쓰러뜨린다. 그의 눈가에 선연히 피멍이 들어 있다. 좀 전에 얻어맞은 상처다.

"원위치!"

쓰러졌던 종대와 용기가 몸을 일으키며 다시 무릎을 꿇는다. 분노가 치미는 것을 애써 참는 기색이다.

"이 좆만 한 새끼들이 어따 대고 파리채를 휘둘러? 겁대가리 없이. 응?"

용기가 나직이 중얼거렸다.

"한번만 봐주십쇼. 순간적으로 야마가 돌아가지고……."

"허, 이런 개새끼가. 또 해봐."

역시 입가에 피멍이 든 명춘이 용기의 머리를 세차게 때렸다.

"또 해보라고 새끼야! 어떻게 되나."

책상에 앉아 한창 통화에 열중이던 창배가 수화기를 손으로 막으며 짜증을 냈다.

"조용히 좀 해! 전화하잖아!"

명춘이 어깨를 으쓱하며 물러섰다. 누군가 사무실 안으로 들어선다. 사십 대 초반, 다부진 모습의 사내. 남순철파의 부두목 강길수였다. 창배와 조직원들이 꾸벅 허리 숙여 인사를 올린다.

"오셨습니까 형님!"

길수가 사무실을 한 바퀴 둘러본다.

"애들 다 모았냐?"

창배가 대꾸했다.

"계속 전화해보고 있는데요, 사십 명 정도밖에 안 될 거 같습니다."

"사십 명? 더 없어?"

"당구장 꼬마들까지 다 데려와도 그 이상은 힘들겠는데요."

"곤란한데……. 쟤들은 뭐야?"

종대와 용기에게 손가락질을 하며, 창배가 대꾸했다.

"요 앞 무허가촌에 사는 양아치들인데요, 하도 진상 때려 가지고 끌고 왔습니다."

"저놈들도 옷 갈아입혀서 버스에 태워."

"예?"

길수가 종대와 용기에게 다가갔다.

"너희, 같이 서울이나 갔다 오자. 일당 줄 테니까. 응?"

어리둥절 놀란 종대와 용기는 대꾸도 못하고 길수를 바라보았다. 꿈틀. 그 순간 피보다 진한 역사가 시작되고 있었다.

수원 무궁화 호텔. VIP룸 응접실 소파에 네댓 명의 남자들이 둘러앉아 있다. 여당인 정화당 서태곤 의원과 건달조직의 보스인 남순철, 장덕재, 양기택 등이 그들이다. 어딘지 비장한 분위기가 테이블 위에 가득하다. 서태곤 의원이 커다란 시바스리갈 양주병을 들었다.

"딴 거 필요 없고, 이번 전당대회만 확실하게 파토 내삐라."

양기택이 두 손으로 깍듯이 술을 받았다.

"예. 야당 새끼들, 요번에 사쿠라 구경 좀 흐드러지게 시켜줘야죠."

장덕재가 조심히 물었다.

"그런데…… 뒤탈이 좀 있지 않겠습니까?"

서 의원이 고개를 저었다.

"우에서 재가받은 거니까 양껏 조지라. 갱찰도 막는 시늉만 할 끼다."

남순철이 조심스럽게 입을 열었다.

"그런데 의원님, 일 끝나면…… 영등포엔 언제쯤 올라갈까요?"

"아, 그거는,"

서 의원이 순철의 잔에도 술을 따랐다.

"여론이 잠잠해지모, 거 상가운영권은 자네 셋이 알아서 나나

무그라. 알겠재?"

호텔 객실에 길수가 들어선다. 멀리서 목례를 하자 서 의원과 양기택, 장덕재가 아는 척을 했다. 남순철이 일어나 길수를 맞이했다. 두 사람이 다른 룸으로 자리를 옮겼다. 순철과 마주선 길수는 뭔가 마땅찮은 기색이다. 그것을 아는지 모르는지 남순철이 당부했다.

"장덕재 양기택이도 같이 하는 거니까 잘해야 된다. 이번엔 어떻게든 서울 진출해야지. 안 그래?"

"저기, 형님."

"왜."

"한번만 더 생각해주시면…… 안 되겠습니까."

"뭘 생각해?"

"정치인도 끼어 있고, 아무래도 우리가 낄 판은 아닌 거 같습니다."

순철의 얼굴에 짜증이 올랐다.

"길수야, 우린 서 의원한테 상가운영권만 받으면 되는 거야. 그럼 끝이라고. 너 그런 기짱으로 어떻게 건달하겠냐?"

길수는 대답이 없다. 묵묵히 고개를 숙이고 있을 뿐이다.

몇 시간 뒤, 서울로 향하는 국도를 시외버스 한 대가 유유히 달리고 있다. 버스 안을 가득 채운 이들은 남순철파 식구들과 동원된 건달 삼십여 명이다. 구석에는 창배가 모은, 여남은 명의 동네 똘마니들도 보인다. 얼떨떨한 표정으로 앉은 그들은 나눠 준 삼립 빵과 삼각우유를 먹고 있다. 그 틈에 종대와 용기도 껴 있다. 배가 많이 고팠던 듯 용기가 우유 두 개를 벌컥벌컥 순식간에 마셔버린다. 옆자리에 앉은 종대는 백 원짜리 지폐 몇 장을 만지작거리고 있다. 그 얼굴에 뭔가 복잡한 마음이 드러나 있다. 용기는 찬 우유 탓인지 연신 아랫배를 만져댔다.

"그게 아까 받은 돈이야?"

"응."

"많이 준다 야. 패싸움 쪽수 채워주는 건데…… 우리 한 달 벌이는 넘겠네."

"집도 날아가고 좆같은데…… 형, 우리 건달이나 해볼까?"

"건달?"

"좋잖아. 먹여주고 재워주고, 돈도 주고."

"새끼, 쟤들이 넝마주이를 받아준대?"

"형이 맷집은 세잖아. 쟤들 대신 좆나게 맞아주면 또 알아? 식구로 받아줄지. 히히."

"이 새끼가……."

그때, 길수가 버스 손잡이를 잡고 통로 가운데에 서서 동원 건달들을 향해 목청을 높였다.

"자, 내 말 잘 들어. 지금 이 시간부터 우리는 민평당 당원이다. 도착하면 당원인 것처럼 들어가서 대회장에 깽판만 놓으면 되는 거야. 기물들 확실히 부수고, 빠르게 치고 빠르게 빠진다. 알았냐?"

차 안의 건달들이 힘차게 외쳤다.

"예 형님!"

전쟁의 맨얼굴

서울 장충동 민주평화당 당사. 1층 대강당에는 당원들 오십여 명이 바삐 움직이고 있다. 현수막이며 사진을 걸고 피켓을 만드느라 한창 분주하다. 민평당 총재를 선출하는 전당대회가 있는 날이다. 강당 안에 당원 복장을 한 건장한 사내들이 드문드문 눈에 뜨인다. 야당이 만일의 사태에 대비해 동원한 건달들이다. 그래서인지 부산한 행사장 안에는 흥분과 함께 묘한 긴장감이 감돈다.

긴장의 막이 뚫린 것은 4시 45분경이었다. 사내들 수십 명이 문을 부술 듯 걷어차며 우르르 쏟아져 들어온 것이다.

"깨부숴!"

"모두 박살내!"

남순철, 장덕재, 양기택파의 연합 건달들이다. 행사장에 쳐들어온 덩치들이 손도끼와 각목, 해머로 당사의 기물들을 닥치는 대로 깨부수기 시작한다. 놀란 당원들이 미처 도망갈 생각도 못하는 사이 강당은 난장판이 되고 말았다.

"막아라!"

야당이 동원한 건달들이 부랴부랴 나섰다. 당원들과 함께 힘을 모아 침입자들을 막아 보지만, 일단 숫자 싸움부터가 되지 않았다. 특히나 거침없이 집기들을 부수는 양기택파 소속 건달들과 장덕재파 소속 건달들의 위세가 대단하다. 의원들은 2층으로 대피하고, 재필과 경표 등 양기택파 조직원들이 그 뒤를 쫓았다.

후미에 들어선 길수와 창배, 명춘 등 남순철파 식구들도 어지러운 난장판으로 뛰어들었다. 무리의 맨 마지막에 종대와 용기가 섰다. 둘은 난생처음 눈앞에 펼쳐지는 집단난투극을 잠이 덜깬 듯 얼떨떨하게 바라본다. 이백 명도 넘는 사내들이 온몸을 던져 만들어내는 무자비한 폭력의 세계. 건달들이 휘두르는 각목에 맞은 당원들과 동원 깡패들은 바닥에 쓰러져 나뒹굴었다. 피켓이며 집기들이 무수히 부러지고 내던져진다. 비명이 터지고 피가 흐른다. 그런데 용기의 표정이 몹시 불편해 보인다. 버스에

서부터 살살 아파왔던 아랫배 때문이다. 그놈의 우유. 생전 먹어 보지도 않던 것을 단숨에 두 봉지나 마시다니.

길수는 뭔가 내키지 않은 표정으로 달려드는 깡패를 각목으로 후려치며 날렵하게 상대한다. 창배는 피켓을 휘두르며 저항하는 당원을 몸으로 들이받으며 해머로 탁자를 박살낸다. 비명과 성난 함성, 뭔가 부숴지는 소리가 세상의 전부인 것 같은 시간이었다. 엉거주춤 주위를 경계하던 용기가 별안간 배를 잡고 황급히 자리를 떴다.

"형, 어디가!"

용기를 돌아보던 종대가 잠시 휘청거린다. 야당 쪽 깡패가 휘두른 몽둥이에 거세게 잔등을 얻어맞은 것이다. 아찔하다. 겨우 정신을 차리고는 몸을 돌려 상대의 복부를 힘껏 내질렀다. 쓰러진 사내에게 다가가 발길질을 하려는 찰나, 퍽! 날아온 의자에 재차 얻어맞은 종대가 바닥에 나동그라지고 만다. 이 개새끼들이⋯⋯. 순간 종대의 눈이 뒤집힌다. 맞고는 못 사는 성격이다. 잽싸게 일어난 그가 각목을 집어 들고 상대의 머리통을 사정없이 후려쳤다.

2층 화장실. 용기는 쪼그려 앉은 채 도무지 변기를 뜰 수가 없다. 아이고 배야, 먹은 게 아까워 죽겠네. 다시는 우유를 마시나 봐라. 그런데 화장실 안에도 건달 한 무리가 들이닥쳤다. 양기택파의 부두목인 재필과 그 조직원들이다. 그들이 숨은 국회의원들과 당원들을 끌어내며 한 칸씩 다가오더니 마침내 용기가 일을 보는 칸에도 닥쳤다. 쾅쾅! 문이 아니라 변소 전체가 흔들리는 것 같다.

"어이 의원님, 나오세요!"

"저 아닌데요. 잠깐만요."

"아니긴 뭐가 아냐. 어서 문 여시라고!"

용기는 당혹스러워 어쩔 줄을 모른다. 바지를 추스르며 한 손으론 문을 잡고 간신히 버틴다. 에이 씨발. 건달 생활 하려면 똥 참는 법부터 배워야 하나. 그때 화장실 안으로 한 무리의 민평당 당원들과 그들이 동원한 깡패들이 들이닥쳤다. 불의의 습격을 받은 양기택과 일당이 주춤 물러선다.

1층 대강당에도 격투가 한창이다. 악! 종대의 각목에 머리를 얻어맞은 야당 쪽 깡패가 바닥에 쓰러진다. 종대는 자신조차 알지 못하는 묘한 희열에 사로잡힌 채 야당 깡패들에게 쉴 새 없이 주먹과 각목을 휘둘렀다. 그의 손에 당원과 깡패들이 두 명 세 명 나자빠지고 있다. 기물을 부수다 말고 길수가 문득 그를 본다. 그 아귀찬 모습. 유다른 놈이구나. 물건이야. 전세는 한 편으로 급격히 기울어졌다. 치고 들어온 양기택, 장덕재, 남순철 연합파들이 단상 쪽으로 서서히 진격해갔다. 수세에 몰린 야당 당원들과 깡패들이 마침내 뒷문으로 우르르 도망치기 시작했다.

2층 화장실은 상황이 조금 다르다. 승기를 잡은 야당 깡패들이 양기택파 부두목 재필에게 각목 세례를 퍼붓는 중이다. 쾅! 피치 못할 사정(?)으로 변소 안에 숨어 있던 용기가 문을 박차며 튀어나왔다.

"야 이 새끼들아!"

손에 든 양동이를 미친 듯 휘둘렀다. 쪽수를 채워주는 입장이지만 일단 한 편이 된 이상 당하는 꼴을 넘길 수만은 없지 않은가. 그 기세에 상대가 주춤주춤 물러선다. 그러나 뒤에서 불의의 공격이 이어졌다. 쓰러진 줄로만 알았던 당원 하나가 몽둥이를 휘두른 것이다. 픽! 정통으로 뒤통수를 얻어맞은 용기가 정신을 잃고 그 자리에 쓰러졌다.

1층 강당은 찢겨진 현수막과 부서진 집기며 피켓으로 한바탕 쑥대밭이 되었다. 주인들은 서둘러 도망가고, 승리를 쟁취한 연합파 건달들이 함성을 질렀다. 그 틈에 선 종대가 거친 숨을 몰아쉬었다. 묘한 흥분이 몸 안에 한가득 차오른다. 이런 게 전쟁이라는 건가. 어디선가 경찰 사이렌 소리가 들리는 듯하더니 점점 가까워진다.

"야, 철수! 철수한다!"

길수가 조직원들에게 급히 외쳤다.

"버스로 이동해! 빨리 움직여!"

길수의 수하를 비롯한 연합조직원들이 당사 비상구 쪽으로 우르르 몰려나갔다. 종대가 황급히 주위를 두리번거린다. 그러고 보니 용기가 보이지 않는다. 변소 간다더니 어떻게 된 거람. 설마 당했나?

"형! 용기 형!"

물밀 듯 빠져나가는 건달 틈에 버티고 선 종대가 사방을 둘러보며 용기를 찾았다. 애타게 소리쳐 불러보지만 대꾸는 들려오지 않았다.

"빌어먹을."

2층 계단 위로 뛰어 올라갔다. 복도에는 깡패들 몇 명이 곤죽이 되어 쓰러져 있다. 화장실에 들어가 칸 안을 급히 살폈지만 용기의 모습은 보이지 않았다. 어디로 사라진 거야. 종대의 얼굴에 어두운 불안감이 내려앉았다.

엇갈림

그 시각 용기는, 엉뚱하게도, 달리는 시외버스 뒷자리에 타고 있었다. 뒤통수를 얻어맞고 기절해 있는 그를 양기택파 조직원들이 자신들의 버스에 태운 것이다. 국도를 빠르게 달리는 시외 버스 안. 뒷좌석에 눕혀진 용기의 머리가 힘없이 흔들린다. 속이 메슥거리고 의식이 몽롱하다. 여기가 어디지? 아, 그러고 보니 종대…… 종대가……. 간신히 몸을 일으킨 용기가 초점 흐린 눈으로 사방을 둘러본다. 비틀비틀 버스 통로를 걸어간다.

"저기, 제 동생이 안탔어요. 차 좀…… 세워주십쇼."

양기택파 부두목 재필과 조직원들이 용기를 돌아다보았다. 저건 뭐야, 하는 표정들이다.

"차…… 좀 세워줘요……."

힘겹게 한마디 뱉은 용기가 털썩, 통로 바닥에 쓰러졌다. 다시 의식을 잃고 만다.

며칠 뒤, 수원의 장안 인력사무소. 책상에 앉은 길수가 무표정한 얼굴로 장부를 뒤적이고, 다른 책상에서는 창배가 전화 통화를 하고 있다. 나머지 조직원 대여섯 명은 소파에 앉아 노닥거리며 시간을 보내고 있다.

"일당 주고 애들 치료비 하고 나니 뭐 남는 게 없네……."

길수가 한숨 쉬듯 중얼거리고, 전화를 끊은 창배가 다가왔다.

"큰형님한테서 전화 왔었어요."

"뭐래?"

"한 달 뒤면 올라갈 수 있을 거 같답니다, 영등포로."

길수가 다시 한숨을 쉬었다.

"하루 걸러 한두 놈씩 애들이 빠져나가는데, 영등포 들어가도 걱정이다."

"지갑이 형님 아닙니까. 서 의원한테 상가만 받으면 애들은 또 모일 겁니다."

드르륵, 사무실 문이 열리고 누군가 머뭇머뭇 들어섰다. 종대다. 눈에 띄게 초췌해진 몰골. 길수의 얼굴에 옅은 반가움이 스쳤다. 창배가 먼저 아는 척을 했다.

"어이 재건대, 너 여기 웬일이야."

"······저희 형, 혹시 이쪽엔 안 왔었죠?"

"그 새끼 아직 못 찾았나?"

"······예."

지난 사흘, 종대는 부서진 잔해만 남은 슬레이트 집에서 꼬박 밤을 샜다. 사나흘을 쉬지 않고 찾아다녔지만 끝내 용기를 찾을 수 없었다. 길수가 넌지시 물었다.

"경찰서 가봤냐?"

"갈 만한 덴 다 찾아봤어요."

창배가 미간을 찌푸렸다.

"일당 받은 걸로 술 처먹고 어디 자빠져 있겠지. 여기 없으니까 가봐."

"……."

그러나 종대는 무슨 용건이 남았는지 우물쭈물 도통 움직일 생각을 하지 않는다.

"뭐해 인마? 나가지 않고."

그제야 돌아서서 나가려던 종대가 고개를 돌리고 어렵사리 말문을 열었다.

"사장님, 저…… 여기 좀 있으면 안 되겠습니까?"

창배가, 이어 길수가 고개를 들어 종대를 응시했다.

"받아만 주시면 뭐든 시키는 일은 다 하겠습니다."

길수가 깍지 낀 손등에 턱을 올려놓았다.

"'생활'을 하겠다는 거냐?"

"싸움은 자신 있습니다. ……여기 있으면 형도 만날 수 있을 거 같고요."

창배가 껴들었다.

"얌마, 그 새끼 만나려면 집에 가야지 왜 여기 있어?"

"갈 집이 없는데요."

"뭐?"

"저희 집, 형님들이 다 부수지 않았습니까."

순간 창배가 할 말을 잃고 수하의 건달들이 키들키들 웃었다.

결연한 표정의 종대를 길수가 묵묵히 바라보고 있다.

추적추적 봄비가 내리는 저녁.

안방에 길수와 종대가 어색하게 마주앉아 있다. 길수가 종대를 자신의 집으로 데려온 것이다. 똑똑. 방문이 열리고, 누군가 밥상을 들고 와 두 사람 사이에 내려놓았다.

"찬은 없지만 많이 드세요."

예쁘장한 십 대 후반의 소녀, 선혜. 길수의 딸이자 단 하나뿐인 식솔이었다. 따뜻한 고봉밥과 반찬이 가지런히 놓인 밥상을 종대가 얼떨떨하게 내려다보았다. 길수 옆에 앉은 선혜가 당돌하게도 길수를 빤히 바라본다. 그리고 호기심을 참지 않는다.

"아빠, ……누구야?"

"종대라고 사무실에서 일할 애야. 네 밥은?"

"아까 대충 먹었어."

선혜가 냉큼 일어섰다.

"난 건넌방에 연탄불 좀 넣어놓을게요. 많이들 드세요."

"그래. 자, 우리 먹자."

쌀밥이라. 하얀 쌀밥이라니. 알 수 없는 감회가 울컥 올라온다. 밥주발을 묵묵히 바라보던 종대가 수저를 들었다. 한술 크게 떠서 입에 몰아넣는다.

"나이가 몇이냐?"

"스물셋입니다."

"부모님은?"

"……없습니다. 고아원 출신이에요."

"아, 그래?"

"형도 고아원에서 만났어요."

부지런히 밥 먹는 종대를, 길수가 묵묵히 바라본다. 자기 앞에 놓인 계란프라이를 종대의 밥그릇에 얹어주었다.

"저 있는데……. 사장님 드세요."

"먹어."

"감사합니다."

"그리고 네 형은 나도 수소문해볼게."

"아 예……."

"실은 나도 고아 출신이다."

종대가 밥을 씹는 것도 잊고 밥상에서 슬그머니 고개를 쳐들었다.

"그래서 하는 얘긴데…… 생활은 하지 마라."

"……."

"이 일이라는 게, 한번 들어오면 나가기가 쉽지 않아."

"예에……."

"네가 생각하는 거랑 많이 다르다. 이 세계라고 먹고사는 게 쉬울 것 같아? 천만에."

종대가 뭐라고 한마디 하려다가 꾹 참고 밥과 함께 말을 꿀꺽 삼켰다. 조용한 방 안. 겸상한 두 남자의 수저 달그락거리는 소리만 가만가만 이어지고 있다.

종대는 저녁식사를 마치고 건넌방으로 갔다. 여기가 오늘부터 있을 공간이구나. 방 한가운데에 서서 사방을 하염없이 둘러보았다. 만감이 교차한다. 생활하기엔 부족함이 없는 방. 아니, 부족함이 없는 정도가 아니다. 무허가촌의 쓰러져 가던 슬레이트 집에 비한다면야. 문 밖에서 누군가 그를 부르고 있다.

"저기…… 문 좀 열어주세요."

문 밖에는 선혜가 이불을 들고 서 있다. 종대가 얼른 이불을 받아들었다.

"어, 고마워."

내민 손이 선혜의 손과 살짝 스친다. 아주 잠깐 닿았을 뿐이건만 불에 탄 자리처럼 묘한 느낌이 오래 남는다. 선혜가 밝게 웃고 돌아섰다.

"연탄불 넣었으니까 곧 따뜻해질 거예요."

어둠 속으로 멀어지는 뒷모습을, 종대가 한참 동안 바라보았다. 예쁘구나.

투둑투둑 빗소리가 간간이 문풍지를 때리는 봄밤이다. 비는 밤새 내릴 모양이다. 종대는 불을 꺼 캄캄해진 방 안에 드러누운 채 생각에 잠겼다. 며칠을 싸돌아다니느라 지칠 대로 지쳤지만 잠은 오지 않는다. 용기 형은 지금 어디 있을까. 어디서 무얼하고 있을까. 연탄불 기운이 올라오는지 방바닥이 무척 뜨겁다. 절로 몸을 뒤척이게 된다.

"으아악!"

집 안 어딘가에서 느닷없는 비명이 들려왔다. 뭐지? 종대가 벌떡 몸을 일으켰다.

와해

부서질 듯 문을 열어젖히며 밖으로 튀어나간 종대의 눈에 들어온 것은 상처 입은 길수였다. 길수가 피가 뚝뚝 흐르는 팔등을 움켜쥐고 마당으로 비척비척 뛰쳐나오고 있다. 그의 뒤를 사내 두 명이 성큼성큼 쫓고 있다. 그들의 손에 피 묻은 칼날이 들려 있다. 아빠! 잠결에 눈을 뜬 선혜가 작은방에서 나오며 찢어져라 비명을 질렀다.

"도망가!"

고통으로 얼굴이 일그러진 길수를 뒤따라온 사내가 빠르게 덮치더니 대검으로 힘차게 내리찍는다. 가까스로 몸을 피해보지만 칼날은 그의 허벅지 깊숙이 박히고 말았다. 으윽. 길수는 크게 비명도 지르지 못하고 젖은 흙바닥에 고꾸라졌다.

"야 새끼들아!"

다급히 뛰어간 종대가 길수의 몸 위에 올라탄 사내를 힘껏 걷어찼다. 뒤이어 쫓아온 또 한 명의 사내가 종대에게 달려들어 칼을 휘둘렀다. 사선으로 허공을 가르는 칼날을 피하며 민첩하게 주먹을 날리는 종대. 면상을 강하게 얻어맞은 사내가 외마디 신음을 내뱉으며 벌렁 쓰러졌다.

"아빠!"

황급히 달려온 선혜가 쓰러져 신음하는 길수를 힘겹게 일으켜 세웠다. 길수가 다급한 손짓으로 딸을 만류했다.

"빨리 도망가! 어서!"

발길에 채였던 사내가 일어나더니 몸을 날려 종대의 등을 걷어찼다. 비가 와 질척한 땅 위에 종대가 나동그라졌다. 사내가 칼을 고쳐 쥐며 다가온다. 절체절명 위기의 순간. 어둠 속 사내의 한쪽 뺨에 커다란 화상 자국이 얼핏 드러났다.

"이얏!"

화상 자국이 있는 사내가 종대를 칼로 내리찍었다. 종대는 아슬아슬하게 몸을 피한 뒤 옆구리를 거세게 내질렀다. 강력한 힘에 떠밀린 사내가 흙탕에 보기 좋게 처박혔다. 바닥에 떨어진 칼을 종대가 냉큼 집어 들었다. 그리고 사내를 향해 한 걸음 두 걸음 다가갔다. 쏟아지는 빗줄기 속에 칼을 쳐든 종대는 그러나 지금껏 누군가에게 칼을 휘두른 적이 한 번도 없다. 그러나 지금은 얼마든지 그렇게 할 수 있을 것 같다. 사내 하나가 도망치기 시작했다. 진흙탕에 처박혔던 사내도 타닥타닥 발소리를 남기며 허겁지겁 뒤를 따랐다.

"아빠…… 괜찮아?"

핏물 흥건한 길수의 다리를 보며 선혜가 어쩔 줄을 몰라 한다. 종대가 다가가 길수를 일으켜 세웠다.

"사장님 업히세요! 어서요!"

다음 날. 장안 인력사무소는 시종 침울한 분위기가 가득했다.

자욱한 향불 연기 너머로 보이는 것은 보스 남순철의 영정이다. 길수가 당했듯, 간밤에 순철도 습격을 당했다. 길수와 달리 순철은 자신의 목숨을 지켜내지 못했다. 그리고 인력사무소 안에 차려진 빈소의 주인공이 되었다.

찾아오는 이가 많지 않아서인지 실내는 더없이 썰렁했다. 조문객 한 명이 찾아와 영정에 절을 하고, 망건 쓴 순철의 젊은 아들이 그 옆에 침통한 얼굴로 서 있다.

밤이 깊다. 이틀째 밤비가 내리고 있다. 천막이 드리워진 빈소 입구에 조문객 몇 명이 천천히 걸음을 옮기고 있다. 서태곤 의원과 두 명의 건달 보스, 장덕재와 양기택이다. 초췌해진 얼굴의 길수가 목발을 짚은 채 그들을 배웅하고 나섰다. 서 의원이 길수에게 안부를 물었다.

"다리는 괘안나?"

"예…… 몸소 찾아주셔서 감사합니다."

"뭐라 할 말이 없구마. 언 놈 짓이고?"

"이쪽 차부 애들 같습니다. 서에서도 조사 중인데, 몇 놈이 몸을 숨겼다더라고요."

"야당 쪽 건달들이 시킨 거 아냐? 찢어죽일 것들."

장덕재가 끼어들고 양기택이 거들었다.

"전당대회 엎어지고 면이 안 섰겠지. 나도 당할 뻔했다니까."

서 의원이 두툼한 조의금 봉투를 내밀었다.

"얼마 안 된다. 장례비에 보태 써라."

"아닙니다, 의원님."

"받아라. 그리고 난중에 서울 올라오모 꼭 함 찾아온나."

서 의원이 몸을 돌리자 기택이 우산을 급히 펼쳐서 씌워주었다.

"가시죠 의원님."

빗속으로 걸어가는 그들의 뒷모습을 길수가 복잡한 심경으로 지켜보았다. 그 초라한 뒷모습을, 종대가 물끄러미 지켜보고 있다. 단 하루 만에 상황은 돌이킬 수 없는 지경으로 추락하고 말았다. 돌이킬 방법은 세상에 없을 것 같다.

길수와 종대는 빈소 앞마당에 마련된 술상으로 돌아가 앉았다. 잠시 끊어졌던 술잔이 이어진다. 상 맞은편에 종대와 창배가 근심스러운 얼굴로 앉아 있다. 소주 한 잔을 입에 털어넣은 길수가 크으, 소리를 냈다.

"애들은?"

창배가 대답 대신 난감한 표정을 지었다.

"딴 애들 다 어디 갔어?"

"……죄송합니다. 제가 단속을 잘했어야 되는데."

"……."

"짐 싸 갖고 다 나갔습니다. 자식들이."

"뭐야?"

"순철이 형님 돌아가시고 형님도 은퇴한다는 소문 돌고, 그래서 전부 내뺀 거 같습니다. ……몇 놈은 차부 쪽으로 갔고요. 딴 애들은……."

창배가 말을 맺지 못하고 고개를 떨어뜨렸다. 길수는 말없이 다시 술잔을 들었다. 침묵과 빗소리만이 두런두런 술상을 채운다.

"차라리…… 잘됐다. 너희도 나가라."

"예?"

"너희도 이제 살길 찾아서 나가란 말이다. 여기 있어봐야 밥술이나 제대로 뜨겠냐."

창배는 뭐라 할 말을 못 찾고 종대가 무너지듯 실토했다.

"그냥 있게 해주십쇼……. 뭘 하든 넝마주이보다야 낫지 않겠습니까."

길수의 눈앞이 흐려졌다. 술기운 때문일까.

문상객 하나 없는 빈소 앞마당. 계절에 어울리지 않는 밤비가 쏟아진다. 마주앉은 세 남자는 말이 없다. 침묵이 무겁게 이어지고 있다.

PART 2
설계와 배신

영동, 아침

3년 후.

영동지구 상공에 군용 헬리콥터 한 대가 유유히 비행하고 있다. 영동(永東). 영등포의 동쪽이라는 이름을 새로 얻은, 아직은 개발되지 않은 1970년대 초반의 한강 이남. 드넓게 펼쳐진 시골 마을. 민가들이 점점이 흩어져 있는 황토색 대지 위를 헬기가 부유하듯 날아간다.

엔진 소리 요란한 기내에는 군복이 아니라 양복과 와이셔츠를 입은 두 남자가 마주앉아 있다. 중앙정보부 김정규 부장과 시청 도시계획과장 문철호. 대한민국의 새로운 1970년대를 설계할, 그럴 만한 힘을 가진 자와 그럴 만한 위치에서 일하는 자이다. 문 과장이 엔진 소리를 뚫고 외쳤다.

"이 일대가 전부 영동지구입니다. 여기가 강북이랑도 가깝고, 입지조건은 고양이나 분당보다는 더 좋은 것 같습니다."

"……금계포란형이군."

"예?"

김 부장이 웃었다.

"명당이란 소리야. 땅이 재복이 있어 보여."

"어제 보신 연신내 쪽은 어떻습니까?"

"북의 도발도 생각해야지. 땅값 올리려면 아무래도 포 사정권 밖이 낫지 않겠어?"

"아…… 예."

두 사람이 헬리콥터 아래 영동지역을 한참 굽어보았다. 날카로운 발톱과 부리를 숨기고 초원을 저공비행하는 독수리들처럼. 이윽고 김 부장이 입을 열었다.

"이쪽으로 결정하지. 문 과장이 설계 한번 근사하게 해봐."

"잘 알겠습니다."

바로 그 시각, 영동 땅 어딘가에서는 끔찍한 일도 벌어지고 있었다. 저수지가 있는 야산 초입, 한낮이지만 인적 드문 그곳에 중형승용차 한 대가 멈추어섰다.

운전석에서 젊은 사내 하나가 내려선다. 사내가 승용차의 트렁크를 연다. 우욱. 우욱. 잔뜩 억눌린, 그러나 다급하기 그지없는 신음이 먼저 그를 맞이한다. 트렁크에는 양복 앞섶이 찢긴 채 입이 테이프로 봉해지고 사지가 묶인 중년남자 하나가 처박혀 있다. 그의 눈은 공포에 질려 튀어나올 듯하다. 표정 없는 젊은 사내가 잊었다는 듯 승용차 뒷좌석에서 꺼내든 것은 검은색의 육중한 엽총이다. 철컥. 남자는 총신을 힘차게 꺾고는 실탄을 장전한다.

중년남자가 격렬하게 버둥대는 통에 승용차 전체가 흔들리는 듯싶다. 사내는 여전히 무표정한 얼굴로 엽총을 들어 그에게 겨누었다.

우욱. 우욱.

탕!

저수지에 고인 정적을 찢으며 둔탁한 총성이 울려 퍼진다. 바람이 불어와 소리의 여운을 쓸어가고, 갈대숲이 가만가만 일렁였다. 메아리가 멈추기도 전에, 총구가 다시 불을 뿜는다.

타앙!

트렁크 안을 가득 채웠던 공포와 신음이 뚝 멎었다. 남자의 양복 앞섶이 짙은 핏빛으로 흠뻑 젖어 있다. 조수석 문이 열리더니 누군가 나왔다. 트렁크 쪽으로 조심히 다가간다. 이십 대 후반의

용기다. 제법 그럴싸한 양복을 갖춰 입은 용기가 트렁크 안의 시
신을 슬그머니 내려다본다.

"죽은 거지?"

민규가 고개를 끄덕인다.

"예, 형님."

소리 없이 찾아든 새벽기운처럼 아무도 모르게 기지개를 켜
는 거대한 미개척지 '영동', 지금 이곳에서 무슨 일인가 벌어지
기 시작했다.

새로운 세력

서울 삼청동의 고급요정 백일홍. 화요일 늦은 밤이다. 단정하
게 가꾸어진 정원에 위치한 정자에서 은은한 가야금 선율과 나
직한 웃음소리가 뒤섞이고 있다. 정화당 박승구 재정위원장과
명동의 보스 양기택이 마주앉아 술잔을 나누고 있다.

기택의 말투나 옷차림에서 제법 사업가다운 분위기가 풍겨난
다. 서태곤 의원 밑에서 일하던 논두렁 건달 시절을 말끔히 벗
은 모습이다. 그리고 그의 곁에 용기가 조금은 경직된 자세로 정
좌해 있다. 콧수염을 멋스럽게 기른 박 의원이 용기에게 양주 한

잔을 따라주었다.

"고생했어. 젊은 친구가 일처리를 아주 깔끔하게 하는군."

"감사합니다."

"애가 똠발져서 호텔 관리도 잘할 겁니다."

기택이 용기의 등을 가볍게 두드리며 칭찬 한마디를 덧붙이자 박 위원장도 고개를 끄덕였다.

"그래……. 건달들은 가급적 들락거리게 하지 말고."

"알았습니다. 그리고 장덕재하고는 좋게 마무리할 테니까 걱정 마십쇼. 아, 용기야."

"예."

"의원님 차에 그거 좀 실어라."

"예, 전무님."

일어선 용기가 정자에서 벗어나 어둠 속으로 멀어진다. 박 위원장이 짐짓 지나가는 투로 물었다.

"차에 뭘 실어?"

"대왕호텔 인수하고 남은 돈입니다."

그러자 빙그레 웃는다. 노회한 정치인도 단번에 아이 같은 웃음을 짓게 만드는 것이 돈의 힘이다. 3년 전, 야당 전당대회 습격이 여론의 뭇매를 맞으면서 서 의원이 총대를 메고 물러난 후 많은 것이 달라졌다. 우선 기택의 보스가 바뀌었고 대왕호텔의 주인이 바뀌었으며 여당의 실세 또한 바뀐 것이다.

요정 백일홍에 딸린 주차장. 고급 세단 주변에 사내들이 서 있다. 그 무리 속에서 용기와 민규가 박 의원의 세단에 열심히 박스를 싣는다. 트렁크 안에 소리도 없이 돈다발이 차곡차곡 쌓여간다. 곁에 서서 지켜보던 재필이 못마땅하게 투덜거렸다.

"박승구 이 새끼…… 백 원짜리를 오십 원에 사오라고 하더니 이제는 없는 잔돈까지 받아 가냐?"

경표가 피식 웃었다.

"여당 실세 아닙니까. 뒷배 갈아타는데 이 정돈 감수해야죠."

"용기야, 근데 형님은 너 왜 부른 거야?"

"이번에 인수한 호텔…… 제가 맡으랍니다."

재필의 표정이 굳었다. 그도 그럴 것이 조직의 서열로 따지나 그간 고생한 짬밥으로 따지나 순서가 그렇게 되어서는 안 되는 것이었다. 올라온 지 얼마 되지도 않는 놈에게 그런 꽃자리를 빼앗기다니. 그러나 애써 표정 관리를 할 밖에 없었다.

"형님도 참, 사람 이상하게 병신 만드시네. 그래서 넌 뭐라 그랬어?"

"전무님 생각인데, 용기 형님이 뭐 할 말이 있겠습니까."

눈치 없는 민규가 비죽 웃으며 끼어든 것이 참았던 재필의 화를 터뜨렸다.

"니가 백용기 대변인이냐? 이 씨발놈이!"

재필의 발길질에 정강이를 채인 민규가 한쪽 다리를 쳐들고 폴짝폴짝 뛰었다.

"이 개새끼들이 오냐오냐 하니까…… 용기야, 오냐자식 후레 자식 되는 거야. 알어?"

"……."

용기는 아무 말도 하지 않았다. 아파 어쩔 줄 모르는 민규를 보니 분노가 치솟았지만 꾹 눌러 참기로 한다. 아무 때나 감정을 드러내고 으르렁거리는 것은 하수나 할 짓이다. 참자. 게다가 지금은 내가 훨씬 유리한 입장 아닌가.

서울 마포동. 시장골목 앞 상가건물 2층에 '봉봉카바레'가 자리 잡고 있다. 밖은 아직 대낮이지만 카바레의 어둑한 플로어에는 야릇한 오색 등불이 반짝이고 있다. 내가 보고 싶을 때면, 두 눈을 꼭 감고, 나지막이 소리 내어, 휘파람을 부세요……. 끈적끈적 흐르는 정미조의 노래 '휘파람을 부세요'에 맞추어 두세 쌍의 중년 남녀가 흐느적흐느적 블루스를 추고 있다. 플로어도 홀도 휑하기만 하다.

카바레 안 사무실. 허름한 실내에 조악한 홍보포스터와 출연 가수들의 사진이 나붙어 있고, 응접탁자에 세 사람이 앉아 있다.

자신을 '김씨'라고 소개한 사십 대 남자와 창배, 이십 대 중반이 된 종대. 김씨는 요즘 바람 난 마누라 때문에 골치가 아프다며 부아를 냈다. 바로 그 문제를 의뢰하려고 이곳에 찾아온 것이다.

　"제비새끼랑 붙어먹은 건 그렇다고 쳐. 원, 세상에…… 땅문서까지 갖다 바쳐? 개같은 년."

　"다행이라고 생각하세요. 어떤 년은 사우디 간 지 서방한테 쥐약 바른 김도 보낸대요."

　곁에 앉은 창배가 위로랍시고 내뱉었다.

　"이 양반들이 지금……. 그 땅이 어떤 땅인 줄 알아? 종토라고 종토."

　종대가 뒷머리를 긁었다. 의뢰인이라고는 순 이런 작자들뿐이니.

　"가정사는 문지방 안에서 해결하시지 그래요?"

　"조상님 뵐 낯이 없어서 그래, 내가."

　김씨는 안주머니에서 봉투를 꺼내어 탁자 위에 올려놓았다.

　"모래바람 맞으면서 번 돈이야. 땅문서, 꼭 좀 찾아줘. 응?"

　문이 열리고 누군가 종대를 불렀다. 카바레 주인인 구 사장, 성격 고약한 퇴역 건달이다. 그의 얼굴이 잔뜩 찌푸려져 있다. 뭔가 못마땅한 모양이다.

"무슨 일 있으세요?"

"길게 말 끌지 말자고. 요번 달 내로 여그 정리혀."

"사장님, 왜 또 그러세요."

"너도 눈꾸녁 있음 좀 봐라."

구 사장은 턱을 들어 텅 빈 홀을 가리킨다.

"애꿎은 조명등만 온종일 돌아가니 어디 전기세나 건지것냐? 내가 느그들한테 여기 관리를 왜 시켰는데? 남의 잔심부름 해주고 푼돈이나 챙기라고?"

"……지금 춤 좀 춘다는 족쟁이들 찾고 있습니다. 한두 달 안에 가게 분위기도 바뀌고 매상도 오를 겁니다."

"아 되았고, 카바렌 접기로 했응게 딴 데 알아봐!"

종대가 울상이 되어 사정했다.

"사장님, 여길 나가면 저희 세탁소 빚은 못 갚습니다. 한번만……."

"군소리 말고 나갈 준비들 혀라이. 느그 여 있는 거 길수헌티 싹 까발리기 전에. 알아들어?"

멀어지는 구 사장의 뒷모습을 종대가 막막한 눈으로 바라보았다.

가족

한낮의 여관. 벌거벗은 두 남녀의 행위가 한창이다. 좁은 방 안에 가쁜 숨소리가 그득그득 차오른다.

"좋아? 좋아? 응?"

살집 많은 여체 위에서 젊은 사내가 격렬하게 허리를 쓰고 있다. 곱상한 얼굴에 길게 머리를 기른, 이른바 제비족이다. 그 밑에 깔린 여자가 거의 울부짖듯 넘어가는 신음을 뱉어낸다.

"아아 춘호 씨, 아아 춘호 씨. 아아 나 좋아 춘호 씨……."

한데 엉킨 알몸들이 한창 절정을 향해 달려가던 와중에 방문이 벌컥 열린다. 종대와 창배가 들이닥친 것이다.

"어머나, 나 몰라!"

"뭐, 뭐야!"

남녀가 뜨거운 물에 덴 강아지들처럼 화들짝 떨어져 몸 가릴 것을 찾는다. 허둥지둥 팬티를 껴입는 춘호를 향해 창배가 냅다 옆구리를 걷어찼다. 쓰러진 춘호에게 무자비한 발길질이 이어진다. 두 팔로 얼굴을 감싼 춘호가 비명을 지른다.

"왜, 왜 이래요! 당신들 뭐야!"

"야 이 개새끼야! 아줌마 남편은 사우디 가서 달라 벌고 애국 하는데 응원은 못할망정……."

이불로 제 몸만 겨우 가린 여인은 덜덜 떨며 어쩔 줄을 모른다. 종대가 묵묵히 그 꼴을 바라보고 있다. 창배가 팬티 바람으로 엎어져 있는 춘호의 머리채를 잡아 일으켰다.

"땅문서 어따 뒀어?"

춘호가 코피를 흘리며 몸을 덜덜 떨었다.

"뭐, 뭐요?"

"저년한테 땅문서 받았잖아. 어디 있냐고."

"그런 거 아, 안 받았는데요."

"그래? 확실해?"

"난 아무것도 몰라요!"

"김 부장, 어떻게 할까 이 새끼?"

"사우디 법대로 해야지. 눈에는 눈 좆에는 좆."

종대가 안주머니에서 커다란 재단가위를 꺼냈다. 춘호의 눈이 휘둥그레진다.

"야 이 씨발아, 사내새끼가 어디 할 짓이 없어서 닥꽝을 파냐? 좆 이리 내."

"왜, 왜요, 왜 이러세요!"

당장이라도 팬티를 잘라놓을 듯 종대가 가까이 다가왔다.

"닥꽝 좀 꺼내보라고 새꺄."

춘호가 사타구니를 필사적으로 부여잡으며 다급히 외쳤다.

"혀, 형님들. 살려주세요. 땅문서 없어요! 팔았다고요!"

　서울 한남동의 고급 한식당. 그곳에서도 가장 안쪽에 은밀히
자리한 '목련' 룸에 한껏 차려입은 신사들과 부인들이 담소를 나
누고 있다. 군복 입은 원 스타 장군, 지역 유지, 고위 공무원의 부
인, 건설사 간부 등이 모인 자리다. 화기애애한 분위기 속에서도
줄곧 눈에 띄는, 대화를 주도하는 미모의 여인이 있다. 삼십 대
이지만 여전히 얼굴선이 곱고 분위기가 청초한, 여성으로서는
드물게 부동산 '큰손'으로 알려진 민성희이다.
　"부대 이전하면 박 장군님은 어디로 가세요?"
　성희의 질문에 박 장군은 짐짓 과장되게 웃음을 터트렸다.
　"정계로 한번 나가볼까 하는데. 하하. 민 사장이 힘 좀 써봐."
　굵은 진주목걸이를 한 오십 대 여인이 나섰다.
　"거기 물건은 지금 평당 얼마나 해요?
　"한 천 원 정도? 군 시설 보호구역 풀리고 용도변경되면, 그것
도 거저나 마찬가지죠."
　구미가 당긴다는 듯, 사람들이 서로의 얼굴을 돌아보고 뭐라
속삭인다. 그때 노크도 없이 벌컥 방문이 열렸다.
　"실례합니다."
　문 밖에 종대가 서 있다. 그 뒤에 눈가에 시퍼렇게 멍이 든 춘

호가 두 손을 기도하듯 모으고 숨었다. 상 주변에 앉은 사람들이 어리둥절 그들을 본다.

"여기 민 마담이 누굽니까."

"누구…… 무슨 일이시죠?"

종대 뒤에서 고개를 떨어뜨리고 있는 춘호를 발견한 성희의 얼굴이 일순 굳는다. 종대가 다시 말했다.

"김해김씨 로타리파 문중에서 나왔습니다. 보아하니 점잖은 자리 같은데, 들어가서 얘기할까요? 아니면……."

성희는 몹시 당혹스러운 얼굴이다. 조금 전까지 대화를 주도하던 자신감이 어느새 사라진 듯 그녀의 어깨 또한 잔뜩 움츠려 있다.

서울, 화양세탁소. 밤이 깊었지만 가게 안에는 아직 불이 켜져 있다. 와이셔츠에 푸우, 물을 뿜어가며 정성껏 다림질을 하는 남자는 왕년의 면모를 찾아보기 힘든 강길수이다. 이제 평범한 세탁소의 주인이 된, 제법 싹싹한 웃음을 지으며 손님을 대하는 그에게서 뒷골목을 휘어잡던 건달의 모습은 사라진 지 오래다.

옷걸이에는 각종 세탁물들이 걸려 있는데, 언뜻 보아도 많은 양은 아니다. 건달이건 세탁소 주인이건, 세상 살기 쉽지 않기란 마찬가지였다. 좁은 실내는 두 칸으로 나뉘어 있는데 입구 쪽에

는 기다란 다림대와 옷걸이가, 칸막이 안쪽에는 간이 탁자와 철
제의자 등이 놓여 있다. 구석의 미닫이문 뒤로는 조그만 마당이
이어진다. 길수 가족이 살고 있는 안채가 거기 있었다.

"다녀왔습니다."

종대가 세탁소 안으로 들어섰다.

"왔냐."

"늦게까지 일하시네. 저녁은 드셨어요?"

"아직. 너 오면 먹으려고."

"선혜는요?"

"퇴근했다. 아, 너흰 별일 없냐? 요새 문 닫는 공장이 많다던
데."

"아, 뭐, 저흰 괜찮아요."

"다행이다. 요새 일자리 구하기가 좀 힘들어야지."

길수는 종대가 의류공장에서 일하는 것으로 알고 있다. 카바
레 관리나 용역 심부름이 아닌 재봉사를 돕는 '시다' 일을 한다
고 믿는다. 종대가 슬그머니 봉투를 내밀었다.

"오늘…… 월급 받았어요. 이달엔 보너스까지 주더라고요."

길수가 잘 다려진 옷을 옷걸이에 걸며 봉투를 힐끗했다.

"이제 그런 거 내놓지 마라."

"예?"

"그래가지고 언제 돈 모으겠냐. 앞으로 너 살 요량도 해야지."

"사장님도 참······. 저 들어갈게요."

종대는 어쩐지 목덜미가 뜨거워지는 것을 느끼며 미닫이문을 열고 안채로 들어갔다.

조금만 기다리세요. 빚 걱정도, 세탁소 일로 밤새 고생하는 것도 이제 끝날 테니까요. 한강 이남에 새로운 세상이 열리고 있어요. 그 기회만 잡아 타면 된다고요.

세탁소 안채 마루에 다소 늦은 저녁 밥상이 차려졌다. 길수가 종대와 마주앉고, 선혜가 미역국과 고기반찬 등을 밥상 위로 바삐 옮겨놓는다.

"오늘 무슨 날이냐? 반찬이 왜 이렇게 많아."

몰라보게 아름다운 여인이 된 선혜가 밝게 웃었다.

"오빠 생일이잖아."

"생일? 야, 내가 생일이 어디 있어?"

"생일이 뭐 별거냐? 식구끼리 미역국이나 한 그릇 먹으면 생일이지."

선혜가 수저를 들며 덧붙인다.

"오늘이······ 오빠가 우리 집에 처음 온 날이야."

"······."

목구멍에서 왈칵 솟는 어떤 기운에 종대는 말문이 막히고 만다. 그 감정이 행여 얼굴에 드러날까 어금니를 악물어본다. 이런 것이 가족인가. 가족의 정이란 이런 것인가. 내게도, 나 같은 놈에게도 이런 것들이 허락된단 말인가.

"오빠 뭐해? 미역국 좀 먹어봐."

"그럴게. ……으아, 엄청 싱겁네."

"어머나, 정말? 이상하다. 간을 본다고 봤는데."

"아냐 맛있어. 그냥 해본 소리야."

"히히. 오빠야말로 엄청 싱겁다."

"맛있어. 너 이제 진짜 시집가도 되겠다."

"너랑 창배랑, 언제쯤 재봉사로 올라가냐?"

길수의 질문에 종대는 미역국을 뜨며 건성으로 대꾸했다.

"아직…… 잘 모르겠어요."

"착실히 다니면 언젠가 되겠지. 창배는 언제 딴짓할지 모르니까 네가 잘 좀 지켜보고."

"예……."

그때 누군가 세탁소 뒷문을 열고 마당으로 들어선다. 봉봉카바레의 구 사장이다. 예의 잔뜩 찌푸려진 얼굴이다.

"어이 길수, 잠깐 나와 보드라고."

길수와 종대, 선혜의 얼굴이 동시에 굳는다. 따사로운 저녁식사 시간에 하필 빚쟁이라니. 앉아 있어. 일어서려는 종대를 말리며 길수가 천천히 몸을 일으켰다. 절룩이는 걸음으로 마루를 내려간다. 종대와 선혜는 세탁소로 들어가는 길수의 구부정한 등과 마른 어깨에서 걱정스러운 눈길을 떼지 못한다. 밥상 위에 무거운 침묵이 한 겹 내려앉는다.

세탁소 안에는 구 사장이 정돈된 책상 위에 아무렇게나 걸터앉아 있다. 길수에게 거침없이 면박을 주는, 부아가 끓는 목소리가 쩌렁쩌렁 울린다.

"인생 세탁했으면 조용히 촌구석에서 자빠져 살든지, 뭐 좆빨랐다고 서울은 올라와가꼬 빚까지 내서 세탁소여. 왜 나까지 애를 멕이냐고!"

"……."

"그동안 죽은 순철이 땜시 꾹 참았는디, 내 인내심에도 종착역은 있어야."

"……사장님."

"다음 주 내로 이 집 깨끗이 비워놔. 느그 허는 꼴상을 봉께 절대 그 돈 못 갚어."

"조금만 더 시간을 주십시오, 네? 다른 빚을 내서라도 꼭 갚을 테니까."

종대가 어느새 칸막이 안쪽에 들어와 섰지만 차마 둘 사이에는 끼어들지 못하고 있다. 구 사장의 말투가 더욱 거칠어졌다.

"길수야, 건달이 남의 옷이나 다려 가지고 해결 나겄냐? 다음 주까지 집 비워놔. 안 그러면 여그 옷들 싹 다 불 싸질러버린다 이. 알것냐?"

구 사장이 매정하게 돌아간 자리, 길수는 굴욕감과 낭패감에 사로잡힌 채 돌처럼 굳어 있다. 칸막이 안쪽에 선 종대가 그 모습을 안타까이 바라본다. 가족의 정을 막 느끼고 나니 이제 가족의 아픔을 실감한 차례인가.

위태로운 사랑

여의도에 위치한 국회의원 서태곤 사무실. 창으로 오후 햇살이 들어오는 시간이다. 벽 한가운데에 5.16쿠데타 직후 찍은 기념사진이 당당히 걸려 있다. 사진 속에는 당시 소령 계급이던 서 의원과 중앙정보부 김정규 부장, 재정위원장 박승규 의원이 함께 탱크 앞에서 포즈를 취하고 있다. 한 시절을 주름잡은 권력이 막 시작되던, 그날의 주역들이다.

명동 보스 양기택이 호출을 받고 들어섰을 때, 사무실 안에는 이미 영등포 보스 장덕재가 와 있었다. 서 의원은 탁자 위에 놓인 재떨이에 담배를 비벼 끄더니 떨떠름한 얼굴의 기택을 향해 대뜸 물었다.

"윤 사장 실종된 거 알제? 니가 했나?"

"무슨…… 말씀이십니까?"

"보니까, 대왕호텔 지분이 느그 아들 명의로 바뀌었든데. 뭐고, 우연이야?"

기택은 한 차례 고개를 저은 다음 미소를 지어 보였다.

"저 이제…… 비즈니스맨입니다. 사시미 들고 스테이끄 썰면 되겠습니까?"

"이런 싸가빠리 없는 새끼가!"

와락 폭발하듯 일어선 서 의원이 냅다 기택의 따귀를 갈겼다. 웃는 낯에 침 못 뱉는다지만 그렇지 않은 경우도 있는 모양이다. 벌겋게 손자국이 난 기택의 얼굴에서 미소가 걷혔다.

"뭐라, 비즈니스맨? 논두렁 깡패 가다마이 입히놨드만, 정신 못 차리나?"

곁에 선 덕재도 곱지 않게 껴들었다.

"기택아, 아무리 후레새끼라지만 주인도 몰라보면 되냐? 누구 덕에 여까지 왔어?"

"됐다, 긴말 필요 없고, 호텔 당장 원위치 시키라. 알겠재?"

"저도 그러고 싶은데, 제 맘대로 할 수 있는 상황이 아니라서 말입니다."

서 의원의 얼굴에 기가 막힌다는 표정이 떠오르자 덕재가 재차 으르렁거렸다.

"이 자식이 명동 가더니 배짱이 태산명동이구만. 확 연장질 한번 들어갈까나?"

여전히 덕재를 무시한 채, 기택이 옅은 미소를 지어 보였다.

"서 전 의원님, 그 호텔 인수하신 분이 실은 박 의원이십니다."

"뭐라. 박승구?"

불 꺼진 양초처럼 서 의원의 얼굴이 천천히 굳어갔다.

명동, 문제의 대왕호텔. 밤 깊은 지하 라운지의 구석진 테이블에 양기택이 앉아 있다. 그 곁에 앉은 이십 대 여인은 요염한 미모가 환히 빛나는 주소정이다. 맞은편에는 용기와 재필, 재필의 수하 경표와 철승이 자리를 잡았다.

"너무 맘 쓰지 마십쇼. 이 정도로 지나가는 게 다행 아닙니까."

철승의 위로 아닌 위로에 기택이 고개를 가로저었다.

"서 의원은 그렇다 치고……. 덕재 그놈은 그냥 안 넘어갈 거야. 경계 늦추지 마."

"예, 형님."

"아, 용기는 호텔 관리 할 만하냐?"

용기가 고개를 까닥 숙였다.

"예, 열심히 하고 있습니다."

"맡은 김에 무교동 업장들도 네가 맡아봐."

재필이 슬그머니 자기 식구를 감싸고 나섰다.

"저기 형님, 경표도 좀 챙겨주시죠?"

"용기가 궂은일은 다 하잖아. 경표 넌 약부터 끊어."

경표가 떨떠름하게 대꾸했다.

"……예."

소정이 기택에게 다가와 귀엣말을 한다.

"오빠, 우리 그만 가자."

"그래."

기택이 겉옷을 챙겨 일어섰다.

"나 먼저 일어날 테니까 일들 봐라."

"예, 형님. 들어가십쇼."

"차 대놓겠습니다."

용기가 나서자 재필이 손을 들어 그를 가로막았다.

"오늘은 내가 모신다. 자, 형수님. 가시죠."

지하 라운지를 떠나는 기택과 소정을, 그리고 그들을 모시는 재필과 철승을 용기는 묵묵히 바라보았다. 누군가 어깨에 손을 얹는다. 경표였다.

"용기야, 내가 할 말이 있는데."

"뭡니까."

"여기 빠찡꼬와 레스토랑, 내가 좀 맡자."

용기의 싸늘한 눈이 경표를 향했다.

"나랑 반까이 하자고. 괜찮지?"

"……안 괜찮은데요."

"뭐?"

"큰형님 얘기 못 들으셨습니까?"

"허 참."

경표가 피식 웃더니 용기의 머리채를 움켜잡고 흔들었다.

"이 동냥아치 새끼가 거둬주고 먹여줬더니, 이제 아예 앞치마를 두르네. 어?"

용기는 부글거리는 속을 억누르며, 경표의 손목을 잡아 내린다.

"이러지 마십쇼."

"어쭈 이거 안 놓지."

"손님들 눈도 있는데, 이러시면 형님도 양아치 됩니다."

용기가 마지막으로 차갑게 노려보고는 성큼 돌아섰다. 저런 씨발놈이……. 멀어지는 뒷모습을 바라보며 경표가 중얼거렸다. 그러나 더 폭력을 행사하지는 못한다. 그렇게 하기에, 용기는 덩치가 너무 커져 있었다.

밤 11시 20분. 왕십리의 여관방. 침대 위에 두 사람이 누워 있다. 천장을 향해 똑바로 누운 알몸의 남자가, 모로 누운 알몸의 여자를 품고 있다. 하염없이 여자의 머리칼을 쓸어주는 이는 용기다. 그의 탄탄한 어깨를 베고 누운 이는 주소정, 명동보스 양기택의 애인이다.

밤이 깊다. 서로를 깊이 품은 남녀의 얼굴에 불안한 행복이 서려 있다. 소정이 젖은 목소리로 속삭였다.

"우리 그냥…… 시골 내려가서 살면 안 될까?"

"……."

용기는 말이 없다. 소정의 말이 무엇을 의미하는지 몰라서는 아니다.

"어디 가서 뭘 하고 살든, 지금보단 나을 거 아냐."

"……."

"말 좀 해봐. 자긴 이 생활이 좋아?"

"야, 먹고살 게 없어서 다들 서울 오는 판인데 뭔 소리야."

"그럼 어쩔 건데."

"조금만 참아봐."

"언제까지."

"아 씨발, 몰라."

용기가 투덜거리며 돌아누웠다.

"돌아눕지 마. 나 이런 거 싫어."

"왜 또."

"내 쪽으로 누워. 응?"

용기의 넓은 잔등에 가슴을 가져다붙인 소정이 아래로 손을 뻗었다. 단단한 근육의 아랫배, 그 아래 무성한 음모가 난 어름을 만지작거렸다. 끙, 다시 돌아누운 용기가 소정의 젖가슴에 손을 가져가며 격렬히 입을 맞추었다. 조용한 방 안. 새근거리는 숨소리가 조금씩 커져갔다.

대선자금

한낮의 봉봉카바레. 느지막이 출근하던 종대가 놀라 입을 크게 벌렸다. 홀 안 분위기가 평소와 전혀 다르다. 춤을 추는 사람들로 플로어가 한껏 붐비고 있다. 문주란의 '아마다미아'에 맞춰, 젊은 족쟁이들과 여인들이 육감적으로 탱고를 추는 중이다.

입구 한쪽에 두 줄로 나란히 놓인 것은 찬거리 가득한 시장바구니들이다.

"아이고 형님, 오셨습니까?"

어리둥절한 종대에게 누가 다가와 반갑게 인사를 한다. 뺀질뺀질하게 생긴 사내, 여관에서 재단가위로 겁을 주었던 제비 춘호다. 창배가 웃는 얼굴로 쫓아와 춘호의 어깨에 손을 얹었다.

"어떠냐. 오늘 물 좋지? 이 새끼, 족쟁이치고는 신용이 있다?"

춘호가 비죽 웃었다.

"제가 관리하는 멤버들이에요. 맘에 드십니까?"

"어, 수고했다."

"영업밑천 살려주셨는데 이 정돈 해야죠."

그의 너스레에 종대도 피식 따라 웃고 말았다.

"참, 그 복부인한텐 말해놨지? 무교동으로 가면 되냐?"

"와 계시는데요."

춘호가 홀 저편을 가리켰다. 구석진 테이블에 민 마담이 혼자 앉아 있다. 세련된 옷차림의 미인이다. 종대와 눈이 마주치자 살며시 손을 들어 보인다.

"안녕하세요."

"놀랐습니다. 이런 누추한 곳까지 와주시다니."

"분위기 좋은데요."

"앉아도 될까요?"

"물론이죠."

요염하게 다리를 꼰 민 마담이 신탄진 담배 하나를 꺼내 물었다. 종대가 어색하게 입을 열었다.

"저번엔 실례 많았습니다."

"춘호한테는 대충 얘기 들었어요. 얼마나 필요하세요?"

의외의 시원스런 태도에 종대가 내심 놀란다.

"어어, 50만 원만 해주시면 넉 달 안에 갚겠습니다."

"액수가 좀 크네요?"

춘호가 껴들었다.

"누님, 통 크게 한번 밀어주시죠? 우리 예술계에서도 이 정도 모지방은 잘 안 나오는데."

"그렇게 하죠. 대신에 제 일 하나만 도와주세요."

"어떤……."

"제가 영동 쪽에 땅을 보고 있거든요. 같이 반지 좀 돌리죠."

"반지요?"

민 마담이 입을 가리고 웃었다.

"농사꾼들이 좀 순박하잖아요. 살짝 터치만 해주면 아무래도 싸게 파니까."

"사기를 치자는 얘깁니까?"

"설계죠. 긍정적으로 표현해서."

나는 새도 떨어뜨리고 죽은 이도 살린다는 대한민국 최강의 권력이 숨 쉬는 중앙정보부. 늦은 밤이지만 불이 훤히 켜진 집무실이 하나 있다. 그 안의 응접탁자에는 집무실의 주인인 중앙정보부 김정규 부장과 재정위원회 박승구 위원장이 마주앉아 있다. 탁자 위에 펼쳐진 것은 대통령 선거 헌금 비밀장부다. 대한민국 역사의 가장 굵직한 줄기 하나가 이 늦은 시간, 국가의 가장 은밀한 공간에서 만들어지고 있는 것이다.

대선자금 모금 현황에 대해 박 위원장이 열심히 브리핑을 하고, 왼쪽 가슴에 권총을 찬 김정규 부장이 그것을 묵묵히 경청하고 있다.

"……그리고 대현산업에서 오천, 금마건설에서 삼천, 동양일보에서 이천. 이상입니다."

장부를 뒤적이던 김 부장이 고개를 저었다.

"액수가 많이 부족하구만. 대선이 코앞인데, 이래 가지고 이길 수 있겠어?"

"요즘 경기가 어렵다고 다들 몸을 사리는군요. 남산에 구보 좀 시킬까요?"

박 위원장이 웃었지만 김 부장은 따라 웃지 않았다.

"새끼들, 빨갱이가 설치는 세상이 돼봐야 정신을 차리지. 나라가 없는데 기업이 어디 있어?"

"월남 꼴 안 날라면 반드시 재집권해야죠. 좀 더 쪼아보겠습니다."

"……영동에 땅 좀 사봐."

"땅이요?"

"나라 지키는 데에 정도가 어디 있나. 땅을 굴려서라도 총알은 확보해야지."

"강남에 땅 좀 산다고, 그 많은 대선자금을 충당할 수 있을까요."

김 부장은 그제야 의미 깊은 웃음을 입가에 담았다.

"서울을 강남으로 옮기면?"

"무슨 말씀이신지."

"강북은 만원이잖아. 육이오 때도 한강다리 끊겨서 얼마나 고생했어. 명분은 충분하다고."

"……."

"일단 백만 평만 사들여. 땅 매점 완료되면 남서울 개발계획을 전격적으로 공표하는 거지. 서울이 옮겨 간다는데 땅값이라고 가만있겠어?"

"아, 예……. 무슨 말씀인지 조금 알 것 같습니다."

김 부장이 도장 하나를 건넸다.

"조금 알면 되나. 제대로 알아야지. 시간이 없어. 내일 건국은 행 가서 행장 만나봐. 큰 거로 한 장 줄 거야."

"예, 부장님. 바로 진행하겠습니다."

"은밀히 해야 돼. 청와대에서 땅 투기 한다고 소문나면 자네 하고 난 조용히 죽는 거야."

박 위원장이 고개를 끄덕였다.

"박승구 개인 사업인데 뭐 큰 문제 되겠습니까? 저 하나 망신 당하면 되죠."

화요일 오후. 한가로이 뻗은 제3한강교를 외제 승용차 한 대 가 질주하고 있다. 운전대는 민 마담이 잡았고 조수석엔 종대가 앉았다. 뒷자리에는 창배와 명춘, 병삼이 타고 있다. 훗날 한남 대교로 개칭된 제3한강교를 지나자마자 창밖 풍경은 완연한 농 촌으로 뒤바뀐다. 강남. 영등포의 동쪽. 아직은 한적하고 평화롭 기 그지없는 농촌. 그러나 순수와 욕망, 희망과 탐욕이 신열처럼 끓어오르는 땅이다.

십여 분 뒤, 흙먼지를 일으키며 승용차가 멈춰섰다. 들판 여 기저기 농가들이 눈에 들어온다. 말죽거리. 제주도에서 보낸 말 을 한양으로 보내기 전에 이곳에서 손질하고 말죽을 쑤어 먹였다는 데서 유래한 지명이다. 종대가 조수석 문을 열고 내려섰다. 뒷좌석에 옹기종기 쪼그려 앉았던 창배, 명춘, 병삼이 길게 기지 개를 켰다.

한없이 펼쳐진 논밭과 야산을 둘러보며 창배가 중얼거렸다.

"완전히 깡촌이네. 말죽 쑤는 데가 어디야?"

"형님, 대사 잘 외웠지? 너희도 까먹지 말고 정신들 단단히 차려."

종대의 당부에 명춘과 병삼이 꾸벅 고개를 숙였다. 민 마담이 민가 쪽으로 앞서 걸었다.

"가시죠. 그냥 자연스럽게만 하면 돼요. 연기 심사 받는 건 아니니까."

그 뒤를 따르던 창배가 뭔가 마음에 들지 않는지 투덜거렸다.

"형님은 세탁소에, 우린 복덕방이냐? 이러려고 공장 나온 건 아니잖아."

"장화 신고 들어와도 구두 신고 나가면 되잖아요. 한방 칠 때 가 오겠지."

종대가 창배를 달랬다.

"반포 쪽에 아파트 분양권이나 받는 게 어때? 프리미엄이 주택복권이라는데."

"분양권은 아무나 준답니까."

창배는 앞서가는 명춘과 병삼에게 턱짓을 해보였다.

"쟤네들, 불알 좀 까면 되는데."

"뭐요?"

"정관수술 받으면 우선권 준대. 안 그래도 비좁은 땅, 쪽수만 좇나 늘어나니까 씨 없는 물총들이 대접받는 거지."

창배가 자신의 물건까지 만져 보이며 히히 웃었다.

"나중에 풀면 돼. 간단해 그거. 몰라?"

강남, 말죽거리

슬레이트 지붕을 인 초라한 농가 마루에 민 마담이 앉아 있다. 땅 주인과 보이지 않는 실랑이를 주고받는 중이다.

"평당 삼천 원에 하시죠. 통매할게요. 이만하면 나쁘지 않은 조건인데."

밭에서 막 거둬들인 콩 줄기 다발을 마루에 올려놓은 땅 주인이 고개를 저었다.

"됐어. 팔천 원에 살라면 사고 말라면 마."

인심 좋은 시골이라지만 이제 땅 주인들의 눈치도 여간 아니다. 얼마 전부터 강다리를 넘어와서 설치는 사람들이 급격히 늘어난 탓이다. 듣는 귀가 있고 보는 눈이 있는 이상 땅 주인들도 '뭔가 있다'는 것을 모를 리 없다.

양복을 빼입은 창배가 급히 다가와 민 마담 앞에 섰다.

큐. 연기가 시작된 것이다.

"사모님, 아까 그쪽이랑 계약하시죠."

그러고는 짐짓 귓속말을 하듯 소리 죽여 말한다.

"여기 공원 되는 거 맞답니다."

"확실해?"

"확실하다마다요. 지금 측량하고 난리던데."

땅 주인의 귀가 당나귀처럼 쫑긋했다. 슬그머니 일어서더니 집 밖으로 나선다.

마을 야산. 한 남자가 긴 삼각대 위의 측량기를 들여다보는 중이다. 좀 떨어진 곳에서는 다른 남자가 깃발을 들고 서 있다. 측량기사 복장을 한 두 사람은 명춘과 병삼이다.

"이 기사, 그쪽으로 좀 더 가봐!"

명춘이 큰 소리로 지시하고, 병삼이 깃발을 든 채 옆쪽으로 종종걸음을 쳤다.

"여기요?"

"더! 조금만 더 가!"

저편에서부터 헐레벌떡 뛰어온 땅 주인이 명춘에게 대뜸 따지고 들었다. 그의 얼굴에 걱정이 가득하다.

"여보, 지금 남의 땅에서 뭐 하는 거야?"

"측량 좀 할 게 있어서요."

"측, 측량은 왜?"

명춘이 다시 병삼을 향해 외쳤다.

"이 기사, 오 미터만 더 가보라고!"

팔천 이하로는 안 팔던 땅 주인이 마음을 바꾼 것은 그로부터 한 시간도 채 지나지 않아서였다. 말죽거리 복덕방. 300만 원짜리 토지매매 계약서에 인감도장이 굳게 찍혔다. 뿔테 안경을 쓴 종대가 흐뭇한 얼굴로 계약서를 들여다보았다. 땅 주인에게 계약금을 건네며 빙그레 웃어 보인다.

"급전이 필요하셨나 봐요?"

그러나 땅 주인은 웃지 않았다. 땅값이 폭삭 주저앉기 전에 판 게 다행인 것 같기도 하고, 뭔가 손해를 보는 것 같기도 하다.

복덕방을 나온 종대가 차 안에 들어섰다. 민 마담에게 토지매매 계약서들을 건네주었다.

"싸게 후려치긴 했는데, 이런 땅 사가지고 이문이 남을까요?"

민 마담이 서류들을 뒤적였다.

"하기 나름이지. 일단 우리끼리 몇 바퀴 돌려서 땅값 이빠이 올려보자고."

말죽거리에 얼마 전부터 눈에 띄게 늘어난 가게들이 있었으니 바로 복덕방. 이 땅에 은밀하게 들끓기 시작한 순수와 욕망, 희망과 탐욕의 비밀스러운 증거였다. 예의 복덕방 서너 곳을 돌며, 종대의 식구들이 이른바 돌려치기를 하고 나섰다.

　자연스러운 연기 한 번이면 땅값이 순식간에 마법같이 뛰어오른다. 일단 한 곳의 복덕방에 들어선 가짜 땅 주인 명춘 앞에서, 병삼이 450만 원짜리 가짜 토지매매 계약서에 인감도장을 찍는다. 잠시 후, 다른 복덕방에서 가짜 땅 주인 병삼을 앞에 앉혀 놓은 창배가 500만 원짜리 계약서에 도장을 찍는다. 한 번 더, 또 다른 복덕방에서는 창배와 종대가 560만 원짜리 토지매매 계약서를 작성한다. 하아, 도장에 입김을 불어 종이 위에 꾹 눌러 찍는 것만으로도 순식간에 땅값이 마술처럼 뛰어오른다. 복덕방 주인들은 그 모습을 홀린 듯 바라보고만 있다. 복덕방을 오가는 사람들을 통해, 그 사람을 만나는 귀와 입을 통해, 소문은 계속 불어나고 땅값은 자꾸만 올라간다. 민 마담의 이야기처럼 이렇게 대충 분위기가 잡히면, 그때 '선풍기를 세게 한번 돌려주면' 되는 것이다.

　며칠 뒤, 말죽거리의 복덕방 대로. 〈동양일보〉 취재 차량이 멈춰섰다. 조수석에서 나온 취재기자가 뒷문을 열어주자 나비 모양 선글라스를 쓴 귀부인이 우아하게 내려선다. 신문사 사주의 부인 정도 되어 보이는 행색이다. 복덕방 사람들이 가게 밖으로 고개를 내밀고 이질적인 분위기의 두 사람을 관심 있게 바라본다. 혹시라도 무슨 정보가 있지 않나 잔뜩 기대하면서. 그들 역시 잘 알고 있었다. 어차피 땅값은 힘 있는 놈들, 펜대 쥔 놈들 손끝에서 움직이는 법이라는 것을.

취재기자 복장을 한 종대와 우아한 부인 역을 맡은 성희가 거리 맨 끝의 복덕방에 들어갔다. 큐.

"사장님 되시나요?"

"아, 그렇습니다만."

종대가 다가가 명함 한 장을 건네주었다. 〈동양일보〉 사회부 기자 직함이 적혀 있다.

"저기 정미소 옆에 과수원, 땅 주인 좀 만나볼 수 있을까요?"

"아, 과수원 땅이요?"

복덕방 주인이 안경을 고쳐 쓰며 혼잣말처럼 중얼거렸다.

"손님들이 다들 그 땅만 찾네……."

"그래요?"

"거기 땅 주인이 잠깐 외출한 모양이에요. 오후 늦게 돌아올 모양이던데."

"어쩌나, 기다릴 시간이 없는데."

'귀부인'의 재촉에 종대는 손목시계를 들여다보며 곤란한 표정을 지었다.

"오늘 늦게라도 만나면, 저한테 연락 좀 부탁드립니다."

"예, 그렇죠."

"꼭 부탁드려요. 나중에 복비는 섭섭지 않게 해드릴 테니."

"예예."

복덕방 안의 빈 응접탁자에 앉아 있던 중년 남자가 눈을 반짝이며 그들의 대화를 엿듣고 있었다. 뭔가 큰 건이 있구나. 몇 주 전부터 한강다리 건너 말죽거리를 닳도록 들락거리며 땅을 알아보고 특별한 호재가 없나 복덕방을 기웃거리던 남자였다. 한바탕 바람을 잡은 성희와 종대가 떠나가자, 남자는 부동산 사장을 붙들고 늘어지기 시작했다.

"대충 호구 잡힌 거 같은데요."

거리로 나선 종대가 나지막이 중얼거렸다. 민 마담이 선글라스를 벗으며 고개를 끄덕였다.

"이 정도면 된 것 같네. 막차 태워서 시집 보내자고."

땅

한낮의 여관. 편한 러닝셔츠 차림의 용기가 방바닥에 주저앉아 있다. 소정이 네모난 찬합에 정성스럽게 싸온 김밥을 손으로 집어 우적우적 먹는다. 먹으며 웅얼거린다.

"김밥 잘 싼다. 어떻게 이렇게 똑같이 말았냐?"

소정이 컵에 물을 따랐다.

"나 살림 잘해. 몰랐구나?"

"……."

김밥 하나를 더 집어 입에 넣었다.

"천천히 먹어. 아, 야외에라도 나갔으면 더 기분 날 텐데."

"……김밥 보니까 옛날 생각나네."

"무슨 생각?"

"예전에 고아원 있을 때, 소풍 나온 애들이 김밥 먹는 거 보면 진짜 부러웠거든."

"우리도 나중에 창경원 같은 데 한번 가자. 김밥 또 싸서."

시계를 확인한 소정이 치마를 만지며 일어섰다.

"오빠, 나 먼저 갈게."

"벌써?"

"가야지."

"뭐 그렇게 급해."

손가방을 챙겨 어깨에 멨다.

"……양 전무 가게 오는 날이잖아."

"……."

"남기지 말고 다 먹어. 나 간다?"

"가라."

용기는 방문을 열고 나가는 소정에게는 눈길도 주지 않은 채 김밥을 입안에 몰아넣는다. 한 개, 또 한 개, 꾸역꾸역. 그 얼굴에 조금씩 자괴감이 차오른다. 양 전무. 양 전무. 내 여자는 다른 놈 곁으로 떠나가고, 혼자 남아서 꾸역꾸역 김밥이나 먹고 있다니. 없이 나고 가난하게 자라서 여자까지 남의 것을 몰래 훔치는 신세라니. 빌어먹을. 찬합을 들어 힘껏 내동댕이쳤다. 퍽! 초록색 붉은색 노란색 김밥 속이 바닥에 어지러이 흩어진다.

그때였다. 슬그머니 문이 열리더니 누군가 발소리도 내지 않고 조용히 들어선다. 아까부터 용기의 뒤를 밟아 여관까지 쫓아 온 이들이다. 놀란 용기가 화들짝 몸을 일으켜 물러서 보지만 속옷 바람으로 쥐구멍에 몰린 처지만 확인할 뿐이다. 위기일발. 들고 휘두를 몽둥이 하나 없다.

"어이 백용기."

그 사실을 모르지 않는 사내 둘이 여유롭게 다가왔다. 그들 뒤의 한 남자, 왼쪽 뺨에 화상이 난 사내가 아는 체를 한다.

"오랜만이다, 너?"

용기도 잘 아는 이들은 영등포 장덕재파 수하의 식구들이다.

"뭐야. 뭐 어쩌자고."

"조용히 따라와. 뭐 좀 물을 게 있으니."

"갑자기 왜 이래. 전쟁이라도 벌이자는 거야 뭐야."

"왜, 전쟁 벌일 일이라도 했어?"

화상 자국이 있는 사내는 품에서 날 선 단검을 꺼내들고 히죽 웃는다. 놀랍도록 역겨운 웃음이다.

"조용히 쫓아와. 엄한 데서 흉한 꼴 보기 싫으면."

순수와 욕망, 희망과 탐욕의 땅, 말죽거리.

성희와 종대가 다시 그 마을을 찾았다. 지난 며칠의 작전이 결실을 보는 순간, 공들여 뿌린 씨를 수확하는 날이다. 논길 한 귀퉁이에 성희의 차가 정차해 있다. 승용차 앞유리 너머로 소를 끌고 쟁기질하는 농사꾼의 모습이 보인다. 지극히 향토적인 풍경이고, 불과 몇 년 후에는 다시 못 볼 풍경이었다. 소가 밭을 매던 저 자리에 고층빌딩이 들어서고 지하철이 다니게 될 것이다. 그게 돈의 힘이요 욕망의 힘이다.

운전대에 앉은 성희가 가방 지퍼를 열었다. 그 안에 돈다발이 가득하다.

"덕분에 많이 튀겼다. 종대 씨, 처음치고 잘하던데?"

종대가 돈다발을 한번 쓰다듬었다.

"땅이 생각보단 재미가 쏠쏠하네요."

"이 정도야 기본이지. 잘만 되면 여기 농사꾼들도 똥구루마 대신 자가용 끌고 다닐걸?"

"에이, 전답을 아무리 팔아봐야 그렇게까지 되려고요."

"대한민국 비좁잖아. 두고 봐. 앞으론 땅만 한 노다지가 없을 테니까."

민 마담이 가방에서 두툼한 돈뭉치 하나를 꺼내 종대에게 건넸다.

"뭐 이렇게 많이 주세요."

"반은 수고비고, 반은 선금이야."

"선금이요?"

"압구정동 쪽에 좋은 물건이 하나 있는데, 좀 위험한 일이야. 자기가 해줘."

종대의 눈이 피 냄새를 맡은 승냥이처럼 번득인다. 욕망이 흐르는 물길을, 돈이 돌아가는 이치를, 이제 그도 조금씩 깨달아가고 있었다.

PART 3
욕망

언제 사람처럼 살겠습니까

밤 10시가 넘은 시각. 화양리 시장 앞 정류장에 버스 한 대가
멈춰섰다. 승객들 몇이 우르르 내리고 그 가운데에는 지친 얼굴
의 종대도 끼어 있다. 마포와 말죽거리와 무교동을 오가며 바쁜
하루를 보낸 그는 시장골목을 지나 세탁소가 있는 방향으로 걸
음을 옮겼다. 그러다 그의 무거운 다리가 뚝 멈춰섰다.

저편 길가에 차 한 대가 세워져 있다. 안에 탑승한 남녀의 모
습도 보인다. 종대는 담벼락에 몸을 숨기고 그들을 지켜보았다.
조수석에 탄 사람은 선혜다. 그리고 운전석에는 희고 고운 얼굴
의 청년이 앉아 있다.

차 안의 두 남녀는 지극히 다정한 모습이다. 선혜의 뺨을 청년

이 부드럽게 어루만진다. 선혜가 눈을 감자 청년이 다정하게 입을 맞춘다. 종대의 가슴속에 차가운 바람이 불어왔다. 결혼을 약속했다는 남자, 정민이 바로 저 친구인 모양이구나. 선혜가 저렇게 컸구나. 사랑을 할 줄 아는 여자가 되었구나. 늘 귀엽고 아이 같던 선혜가.

잠시 후, 선혜가 발그레 상기된 얼굴로 차에서 내리더니 운전석을 향해 팔랑팔랑 손을 흔든다. 이윽고 부르릉, 하고 정민의 차가 멀어져 갔다. 혼자된 선혜가 몸을 돌려 골목 쪽으로 걷기 시작했다.

종대가 그녀의 뒷모습을 향해 물었다.

"이제 오니?"

걸음을 멈춘 선혜가 뒤를 돌아보았다.

"어, 오빠!"

"늦었네 오늘."

"오빠도 지금 들어가는 거야?"

"응. 아, 피곤하다."

두 남녀가 나란히 골목길을 걸었다. 선혜가 말이 없다. 조잘조잘 수다스럽던 평소의 모습이 아니다. 가로등 불빛에 그림자가 길어지는 골목 끝. 마침내 선혜가 입을 열었다.

"오늘, 정민 씨 집에 갔었어."

"……아하, 인사드리러 간 거구나?"

"응."

"요새 연애하시느라 바쁘군."

"연애는 뭐."

선혜가 하얗게 웃었다.

"근데 그 친구는 집까지 안 바래다주나?"

"실은 여기까지 같이 왔는데…… 그냥 요 앞에서 헤어졌어."

"그랬냐."

"우리 집 세탁소 한다는 말, 아직 안 했거든."

선혜의 얼굴에 복잡한 감정이 스친다.

"오빠."

"응?"

"나…… 이 결혼 미룰까 봐."

"아니 왜."

"당장 집이 넘어가게 생겼는데, 부담 주기 싫어."

"쓸데없는 소리 말고 결혼 준비나 잘해. 집 문제는 내가 해결해볼 테니까."

"오빠가 어떻게……."

걸음을 멈춘 종대가 주머니에서 봉투를 꺼내 선혜에게 건네주었다.

"받아."

"뭐야 이거, 돈?"

"곧 상견례도 있다며. 좋은 옷 한 벌 사 입어."

"됐네요."

"받아둬. 걔네 집 잘산다며, 옷 같은 걸로 꿀리면 되겠냐?"

"오빠가 무슨 돈이 있다고…….

"비상금이 좀 생겼거든. 그리고 사장님한텐 이야기하지 마. 알았지?"

피 한 방울 섞이지 않은 오누이, 연인처럼 다정히 밤길을 걷던 두 사람의 미소는 세탁소 앞에서 일순 사라져버렸다. 어머나. 놀란 선혜가 종대의 팔을 잡았다. 종대 역시 눈앞에 펼쳐지는 광경에 넋을 잃고 만다.

화양세탁소가 건달들의 무자비한 습격을 받고 있었다. 가게 문짝이 무참히 부서져 나가고 물건들이 거리에 마구잡이로 내팽개쳐진다. 길바닥에 어지러이 쌓아올린 세탁물 위에, 건달들이 기름을 붓고 성냥불을 댕긴다. 불길이 순식간에 화르르 솟구치며 모든 것을 송두리째 집어삼킨다. 세탁소 주위에 동네 사람들이 모여들고, 길수는 모든 것을 체념한 듯 넋 나간 얼굴로 저편에 주저앉아 있다.

"싸게싸게 들어내! 모두 박살을 내!"

폐허가 된 세탁소 입구에 선 이가 건달들에게 재촉하고 있다. 구 사장이다. 인내심이 종착역에 다다랐다더니, 다음 주까지 집을 비워놓지 않으면 세탁소의 옷들을 싹 불 지른다더니, 그 말이 그저 협박만은 아니었던 모양이다. 인정 없는 놈.

"이 개새끼들이!"

순간 이성을 잃은 종대가 미친 듯 골목길을 질주했다. 옷을 불태우는 건달 하나에게 달려들어서는 돌아보는 면상을 냅다 주먹으로 후려쳤다. 불타는 세탁물 위에 쓰러진 녀석이 짐승 같은 비명을 질렀다.

"아빠!"

선혜가 길바닥에 주저앉은 길수에게 달려갔다. 아빠를 품에 안고 흐느끼기 시작했다. 철제의자를 집어 든 종대가 건달 두 명을 차례로 가격했다. 안면을 얻어맞은 한 놈이 유리창을 와장창 깨며 바닥에 나뒹굴고, 또 한 명은 옆구리를 세차게 걷어채이고는 숨도 쉬지 못하고 꺽꺽거렸다.

끌고 온 부하들이 순식간에 쓰러지자 구 사장의 얼굴이 일순 하얘졌다. 종대가 그에게 뚜벅뚜벅 다가갔다.

"구 사장, 너 이 개새끼야."

그의 멱살을 틀어잡고 질질 끌다가 냅다 바닥에 밀쳐버린다. 그리고 아랫배를 세차게 걷어찼다. 윽. 구 사장이 숨 막히는 통증에 어쩔 줄을 모르고 바닥을 버르적거린다. 한때는 주먹깨나 쓰는 건달이었지만 한창 기세가 오른 종대 앞에서는 반항조차 하지 못한다. 구 사장의 얼굴에 종대가 뭔가를 힘껏 집어던졌다. 낮에 성희로부터 받은 거액의 돈다발이다. 퍽. 구 사장의 얼굴을 때린 지폐가 어두운 골목에 마구 흩날렸다.

"돈 주워, 씨발놈아!"

종대가 씨근덕거리며 외쳤다.

"그리고 똑바로 들어. 조만간 다 갚을 거니까 더 이상 우리 집 건드리지 마. 한번만 더 내 눈에 띄었다간, 그때는 내 손에 죽는다. 알아?"

길바닥에 나자빠진 구 사장은 한마디 대꾸도 못하고 숨을 몰아쉬었다.

"알아들었냐고 이 씨발새끼야!"

바닥에 흩어진 지폐는 주울 수 있지만 엎질러진 물은 주워 담기 힘든 법이다. 엉망이 된 세탁소 기물과 옷가지들을 대충 제자리에 정리해 보았지만, 예전의 모습을 되찾을 수는 없었다.

안방에 길수가 앉아 있다. 심각한 얼굴이다. 그리고 무릎을 꿇은 종대가 그 앞에 고개를 떨어뜨리고 있다. 밤늦게 세탁소에 불어닥친 사태는 종대의 입장까지 곤란하게 만들고 말았다. 구 사장의 얼굴을 후려쳤던 돈다발. 그 출처를 해명할 의무가 그에게 남아 있었던 것이다. 결국 종대는 의류공장을 다닌다며 숨겨왔던 근황을 털어놓지 않을 수 없었다.

"창배 형님은 잘못 없습니다. 공장은 제가 먼저 나오자고 그랬어요."

"……."

"그동안 사장님 속인 거, 정말 죄송합니다. 어떤 벌이라도 달게 받겠습니다. 하지만."

"……."

"하지만 이왕 이렇게 된 거, 저 한번 믿어주세요. 자신 있습니다."

길수는 말이 없다. 분노와 배신감, 무엇보다 가슴 쓰린 자괴감이 그의 입을 막고 있는 것이다. 종대가 다시 용기를 냈다.

"제대로 자리 잡아서 사장님 다시 모시겠습니다. 그러려고 시작한 일입니다. 얼마 안 걸릴 겁니다. 제가 약속드립니다."

"……내가 왜 빚까지 져가며 생활을 접었겠냐."

한참 만에, 길수가 무겁게 입을 열었다.

"오래 할 일이 아냐. 너도 알잖아. 예전에 선혜 보는 앞에서 수갑도 차보고 칼까지 맞아봤다. 그게 어디 아비라 할 수 있겠냐."

"사장님……."

"나는 종대 네가…… 없이 살아도 사람답게 살았으면 좋겠다. 내가 바라는 건 그뿐이다."

종대가 고개를 쳐들었다.

"미싱질 백날 해봐야 일당 오십 원도 못 받습니다. 언제 사람처럼 살겠습니까."

상처 입은 밤. 밤이 깊어가고 있었다.

재회

농가마다 배꽃이 만발한 압구정동. 커다란 정자나무 밑에 승용차 두 대가 서 있다. 오후 햇살이 나뭇가지마다 하얀 꽃잎들을 매만지는 시간이다. 그러나 햇살 아래 풍경은 살벌했다. 일단의 사내들이 차 있는 곳을 향하고 초로의 마을 이장과 주민 두 명이, 험상궂게 생긴 대여섯 명의 사내들에게 끌려가는 형국이다.

멀리서 그 모습을 지켜보는 이들이 있다. 종대와 창배, 명춘이다. 민 마담에게 선불과 함께 지시 받은 압구정 토지 건. 그에 대한 작전을 세우고자 사전답사를 온 그들이, 뜻밖의 상황을 만나고 만 것이다. 정자나무 밑 사내들 가운데 한 명, 탄탄하고 각진 턱을 가진 사내가 승용차 뒷좌석 문을 연다. 종대는 그가 누군지

단번에 알아볼 수 있었다. 영등포 보스 장덕재다.

"어? 저거 장덕재 아닙니까?"

명춘이 놀라 속삭였다. 창배가 맞장구를 쳤다.

"그러네? 야 저 새끼, 영등포 들어가더니 개기름이 번들번들하네."

"그럼 뭐야, 여기 땅 사채담보로 가져간 놈들이 영등포 애들이었네요?"

종대가 고개를 끄덕였다. 난감한 일이다. 압구정동 쪽에 좋은 물건이 하나 있는데 좀 위험한 일이라고 민 마담은 말했다. 그게 영등포 장덕재파와 얽힌 일이라는 사실을 종대는 눈치조차 채지 못했다. 돈 냄새 나는 데에 구더기가 꼬이는 거야 당연한 노릇이지만, 장덕재가 연루되어 있다는 것을 알았더라면 그렇게 순순히 일을 받아들이지는 않았으리라.

"민 마담 그 여시 같은 년, 이건 이렇고 저건 저렇다고 미리 말을 해줬어야 할 거 아냐…… 야, 안 되겠다. 접자 접어."

"……."

"듣고 있어? 압구정 땅은 안 되겠어. 포기하자고."

창배가 재촉했지만, 종대는 나직이 대답했다.

"하자. 계획대로."

"뭐?"

"꿀릴 거 없잖아. 땅문서 몇 장 빼내는 건데 그냥 하자고."

"얘가 몇 건 성공하더니 눈이 나빠졌나. 다른 사람도 아니고 장덕재야. 장덕재가 꼈다고. 뒈지고 싶냐?"

"뒈지긴 왜?"

종대가 창대를 돌아보았다. 그 눈빛이 승냥이처럼 이글거렸다. 분노는 이성을 마비시킨다. 그리하여 자기보다 크고 강한 상대를 향해 무모하게 맞서도록 제 몸을 불태운다. 야망의 속성도 그와 다르지 않다.

"먼저 깃발 꽂는 놈이 이기는 거지. 곱게 길 비켜줄 이유가 뭐야? ……뒈지건 말건 한번 해보자."

영등포 시장 맞은편의 한 나이트클럽. 음악소리와 불빛이 정신없이 넘쳐나고 있다. 홀에 가득 모인 남녀들이 밤을 잊은 채 신나게 고고 춤을 추고 있다. 장덕재의 식구들이 안방처럼 관리하는 업소다.

나이트클럽 건물 뒤편, 검은 그림자 둘이 재빠르게 움직이고 있다.

종대와 창배다.

철컹. 철문이 열리고 두 사람이 민첩하게 계단을 밟고 내려선다. 컴컴한 지하창고 안으로 들어선 창배가 플래시를 켜고 사방을 비춰본다.

"여기 맞아? 아닌 것 같은데."

창배가 중얼거렸다.

"틀림없어. 이쪽으로 가보자."

창고 가운데에는 주류박스들이 가득 쌓였고, 벽에는 여러 개의 캐비닛이 놓여 있다. 플래시를 비추며 종대와 창배가 캐비닛 쪽으로 다가갔다. 말없이 서로의 얼굴을 마주보고는 고개를 끄덕인다.

쾅!

종대가 손도끼로 캐비닛의 자물쇠를 힘차게 부수었다. 창배역시 캐비닛 문틈 사이로 쇠꼬챙이를 끼어 넣어 문짝을 떼어냈다. 캐비닛 안에는 온갖 문서들이 가득 쌓여 있다. 빠른 손놀림으로 정신없이 문서들을 뒤적거린다.

"여기 있다!"

이윽고 종대가 소리 죽여 외쳤다. 압구정동 쪽 지번이 적혀 있는 땅문서들을 찾아낸 것이다.

"어서 움직이자."

서둘러 땅문서를 챙긴 두 사람이 막 캐비닛을 벗어나려던 참이다. 철커덩! 철문 열리는 소리에 이어 인기척이 들려왔다. 종대와 창배가 재빨리 플래시를 껐다. 그리고 칸막이처럼 쌓인 주류박스 뒤로 몸을 숨겼다.

건장한 사내 몇 명이 창고 안으로 들어선다. 장덕재파의 식구들이 분명하다. 위기일발의 상황. 만에 하나라도 발각된다면 살아서 아침을 맞이하기가 힘들 터였다. 바짝 긴장한 종대와 창배가 술병들 사이로 사내들의 움직임을 살폈다.

"데려와."

누군가 그렇게 지시하고는 담배에 불을 붙였다. 순간 어둠 속에서 그 얼굴이 환히 드러나고, 그를 지켜보던 종대가 소리 없이 놀란다. 뺨에 화상 자국이 있는 사내. 순간 불같이 떠오르는 기억이 있다. 3년 전 비 오던 밤, 길수를 급습했던 괴한 가운데 한명. 그가 틀림없다. 같은 날 밤, 보스 남순철 사장도 불의의 습격에 목숨을 잃고 말았다. 그 사건이 장덕재파의 소행이었단 말인가. 빌어먹을.

화상 자국의 명을 받은 조직원들이 술병들 가득한 한쪽 벽의 천막을 걷어내고 누군가를 끌어낸다. 신음이 들려온다. 상체를 결박당한 채 구타라도 당했는지 찢기고 멍든 얼굴. 입에 재갈을 물린 남자가 화상 자국 앞에 억지로 무릎을 꿇는다. 재갈이 풀리고, 화상 자국이 날카로운 목소리로 물었다.

"어이 백 부장, 더 이상 시네루 놓지 말고 털어놔. 윤 사장 니가 봤지?"

"……."

"솔직히 말해. 더 혼나기 전에!"

그제야 납치된 이가 어깨를 들썩이며 거칠게 내뱉었다.

"좆까고, 빨리 풀어줘. 지금 놔주면 내 없던 일로 할 테니까."

"이런 개새끼가!"

화상 자국이 달려들어 그의 아랫배를 세차게 걷어찼다. 윽. 그가 짧은 비명을 삼키며 허리를 굽혔다. 덩치 큰 사내들이 화상 자국을 돌아보았다.

"형님, 웬만해서는 안 불 것 같네요."

"그러게 말입니다. 서 의원 가오도 있는데 그냥 보내주시죠?"

화상 자국이 바닥에 담배를 던지고는 구둣발로 비벼 껐다.

"데리고 나가!"

주류박스 뒤에 바짝 붙어선 종대와 창배가 그 모습을 숨죽여 지켜본다. 화상 자국이 먼저 지하창고를 떠나고, 기진맥진한 남자의 양 어깻죽지를 부축해 든 사내들이 뒤따라 나섰다. 술병들 틈새로 힘없이 끌려 나가는 사내를 지켜보던 종대는 다시 한번 깜짝 놀라고 말았다.

용기였다.

3년 전에 헤어져서 연락이 끊긴 용기 형.

저게 무슨 꼴이람. 어째서 장덕재파에게 붙들려 고초를 당하고 있는 것일까.

그들이 창고에서 나가고, 비로고 한숨 돌린 창배가 가슴을 쓸어내렸다.

"십년감수했네. 대충 챙겼지? 빨리 튀자."

종대가 창배에게 땅문서들을 건넸다.

"이거 가지고 먼저 가, 형님. 난 저 새끼들 따라가볼 테니까."

"뭔 소리야 새끼야. 따라가긴 왜?"

"몰라도 돼. 하여튼 잘 챙겨서 가. 난 갈게."

다급해진 종대가 창고 밖으로 후다닥 뛰어나가고, 황당해진 창배가 소리 낮춰 종대를 불렀다.

"야! 어디 가? 종대야!"

장덕재파의 수하 세 명이 다다른 곳은 공사장 근처의 야산이다. 어두운 억새 숲에 바람이 불어왔다. 사내 둘이 삽으로 구덩이를 파고 있다. 흙더미 파편을 맞으며 구덩이 옆에 꿇어앉아 있는 이는 용기다. 삽을 세워 선 사내가 용기를 싸늘한 눈으로 내려다보았다.

"끝까지 의리 지키겠다 이거지? 양 전무가 동생 복은 있네."

재갈을 문 용기가 핏발선 눈으로 그를 올려다보았다.

"그만 파도 되겠다. 묻자 얘들아."

사내의 지시에 수하들이 구덩이에서 올라왔다. 사내가 발을 쳐들어 용기의 등짝을 걷어찼다. 사지가 묶인 용기가 구덩이 안으로 굴러떨어졌다.

"묻어라!"

수하들이 부지런히 삽을 움직여 구덩이를 메워나갔다. 용기의 몸 위로 젖은 흙이 쏟아졌다. 욱. 우욱. 필사적으로 몸부림치는 용기의 얼굴에 죽음의 공포가 짙게 드리웠다. 삽질이 빨라지고, 삽시간에 용기의 몸도 반 이상 흙으로 덮였다. 그때, 풀숲에서 검은 그림자 하나가 왈칵 튀어나왔다. 쇠막대를 치켜든 종대다. 삽질하던 사내 한 명을 향해 손에 든 것을 힘차게 휘둘렀다. 윽! 뒤통수가 깨진 사내가 구덩이 속으로 굴러떨어졌다. 연이어 쇠막대를 휘두른 종대가 또 다른 사내의 머리를 내려쳤다. 돌연한 습격에 당황한 또 한 명의 사내가 거세게 삽을 휘둘렀다. 그러나 종대가 가까스로 몸을 숙이며 그 공격을 피했다. 그러고는 쇠막대로 사내의 목덜미를 후려쳤다. 컥! 사내가 거꾸러지며 구덩이 속으로 처박혔다.

빠르게 구덩이 안으로 뛰어든 종대가 흙 속에서 용기를 끄집어냈다.

"형! 괜찮아 형?"

공포에 질린 용기가 종대를 올려다보았다. 눈이 커진다.

"너…… 종대?"

"그래, 나야 나."

종대가 흙투성이 용기를 와락 껴안았다.

"야, 백용기! 이게 얼마만이야!"

줄

밤 깊은 봉봉카바레. 플로어는 불이 꺼진 채 텅 비어 있고 사무실에 길수가 창배, 명춘과 함께 앉아 있다. 길수의 얼굴이 걱정과 노여움으로 어둡다. 지난밤, 장덕재 일파의 본거지에 찾아가 압구정동 땅문서를 훔쳐왔던 것이 그를 분노하게 만들었다. 이것들이 겁도 없이……. 그 와중에 종대까지 실종되다니.

"구로동까지 뒤져봤는데 안 보이는데요. 날 새는 대로 다시 찾아보겠습니다."

"도대체 어디 간 거야? 잡혀 들어갔나?"

"그런 거 같지는 않고요……."

"민 마담인가 하는 그 복부인이 빽이 좋더라고요. 뭔 일 생겨도 금방 해결될 겁니다, 형님."

창배의 변명이 오히려 길수의 화를 돋웠다.

"야 이 자식아! 지금 그따위 소리가 나와?"

"죄송합니다 형님."

"식구 하나 못 챙기면서 무슨 일을 하겠다고…… 너도 나가서 찾아봐!"

그때 카바레 문이 소리 없이 열리더니 두 사람이 비척비척 들어섰다. 초췌한 몰골의 용기와 그를 힘겹게 부축한 종대다. 길수와 창배, 명춘이 놀란 얼굴로 두 사람을 본다.

"너 이 자식……."

길수가 말을 잇지 못하고, 종대는 일순 죄지은 표정이 된다. 식구들 걱정시킨 것을 그 자신도 잘 알고 있다.

용기와 종대가 몸을 누인 곳은 가수 대기실이었다.

종대는 용기의 웃옷을 벗기고 상처에 '아까징끼'라고 쓰인 빨간약을 바르고 붕대를 덧대었다. 며칠 새 몸이 많이 상했지만 크게 부러진 데는 없어 다행이었다. 용기의 벗은 잔등에 포효하는 호랑이 문신이 크게 새겨져 있다. 그 문신을 바라보는 종대의 마음이 복잡해졌다. 용기 형은 어떻게 살아온 것일까. 모르긴 몰라도 평범한 삶은 아닐 것 같다. 멀찌감치 선 길수가 화를 꾹 참고 두 형제를 지켜보고 있다. 종대에게 치료를 받는 용기는, 길수의 눈치가 보이는지 조금 불편한 기색이다.

"병원엔 안 가봐도 되겠냐?"

길수의 질문에 용기가 고개를 끄덕였다.

"괜찮습니다."

어색한 분위기를 눈치챈 종대가 길수를 돌아보았다.

"사장님, 늦었는데 먼저 들어가시죠."

"그래, 그래야겠다."

길수가 뭔가 마뜩잖은 기색으로 자리에서 일어섰다.

"내일 보자고. 그럼 용기는 잘 쉬었다 가거라."

"예."

"아, 명동 가더라도 종대 얘기는 하지 마라."

"그럼요."

길수가 나가고, 그제야 비로소 종대와 용기가 서로를 바라보며 멋쩍게 웃었다.

"형이나 나나 인생 참 안 풀린다, 씨발."

"뭐가."

"어떻게 형까지 이 바닥에 있냐?"

상처 치료를 마친 용기가 거울 앞에 서서는 불편한 몸으로 와이셔츠를 입었다.

"은행 강도로 안 만난 게 다행인 줄 알아."

"깡패나 강도나. ……근데 걔들은 형한테 왜 그런 거야?"

"신경 쓰지 마. 너처럼 땅문서 때문에 그런 건 아니니까."

"히히."

"나 많이 찾았지?"

"제사는 꼬박꼬박 지냈다. 객사한 줄 알고."

"씨발놈, 나 없어지길 아주 바랐군."

"근데 형, 그때 어디로 사라진 거야? 전당 대회장에서."

"아, 그거."

용기가 그제야 생각난 듯 고개를 끄덕였다.

"버스를 잘못 탔어. 나중에 정신 차려보니까, 기택이 형님 숙소더라고."

"얼빵한 새끼. 그럼 나중에라도 내려왔어야지."

"넝마주이로 인생 종칠 수 있냐? 돈 좀 벌어서 멋지게 찾으려고 했지."

"그때부터 그쪽 생활이 시작된 거구만."

"그런 셈이지."

"그래서 집이라도 한 채 장만했어?"

"아직은."

용기가 거울에 비친 자기 모습을 가만히 들여다보았다.

"야, 우리 이제 같이 있어야지. 명동 쪽 업장들, 내가 다 관리하거든. 들어와라. 내가 반 떼어줄게."

"아주공갈 백용기, 허풍은 여전하구만."

"진짜야 새끼야. 나 예전의 빽용기 아니라고."

"알았어, 나중에 갈게. 지금은 강 사장님 모시고 있잖아."

"잘 생각해라. 군인하고 건달은 줄을 잘 서야 돼."

중앙정보부장 집무실. 테이블 위에 남서울 개발계획도가 펼쳐져 있다. 지도에 구체적으로 표시된 부분들이 바로 구획정리 구역이다. 흙을 돈으로, 땅을 황금으로 바꾸는 마술과도 같은 표식이다.

"여기 삼성동은 상공부 들어올 데고요, 이쪽 논현동은 국영업체, 역삼동은 상업지구 예정지입니다."

기름을 발라 가지런히 넘긴 앞머리며 핥아놓은 듯 반질반질한 얼굴, 시청 도시계획과의 문 과장이 지도를 가리키며 설명을 이어갔다. 박승구 의원과 중앙정보부 김 부장이 주의 깊게 브리핑을 듣고 있다. 세상을 움직이기에 앞서 먼저 필요한 것. 세상 위에 앉은 이들의 허락이다.

"그리고 대치동 여기는 천변 저습지인데요, 아파트 단지로 잡아놨습니다. 지금 사두면 시세차익이 꽤 클 겁니다. 이쪽은 원주민들 내쫓고 바로 수용시키겠습니다."

"애로사항 있나?"

"아…… 몇몇 건설사하고, 서 의원 쪽은 교통정리를 좀 해주셔야 되겠는데요."

박 위원장이 안경을 고쳐 썼다.

"뭐라? 서태곤이?"

"예. 그분이 요새 영동에서 바람을 많이 잡고 다니시더라고요. 아무래도 땅값이 뛰면……."

"그 새끼는 하는 일마다 겐세이 끼는구만. 부장님, 부장님이 칼집 한번 주시죠?"

"자네가 해."

김 부장이 소리 없이 웃었다.

"그러잖아도 정보부에서 대공사업 안 하고 땅 사업이나 한다면서 말들이 좀 있어."

박 위원장이 두 손을 맞잡으며 해맑게 웃었다. 국가의 재앙은 정치인의 웃음에서 시작된다.

"이것도 대공사업이죠. 선거에서 이겨야 멸공도 되는 거 아니겠습니까?"

서울 무교동, 민 마담이 운영하는 룸살롱 VIP룸. 테이블에 압구정동 토지문서들이 수북이 쌓여 있다. 장덕재 일파로부터 빼돌린 것들이다. 민 마담이 얼음을 채운 위스키를 홀짝거리며 땅문서들을 한 장 한 장 넘겨보더니 만족스럽게 고개를 끄덕인다.

"덕분에 전주들한테 면은 세운 거 같아. 수고했어. 돈은 데두 리치는 대로 줄게."

화려한 VIP룸 안을 이리저리 기웃거리던 종대가 민 마담을 바라보았다.

"이번엔 땅으로 주시죠?"

"땅? 호호. 자기, 보기보단 셈이 빠르다?"

"그냥 내 땅 한번 갖고 싶어서요. 오백 평만 주세요."

"그렇게나 많이? 내가 좀 밑지는 거 같은데."

민 마담을 바라보던 종대가 느닷없이 다가가 그녀의 목덜미를 끌어당겼다. 그리고 격정적으로 입술을 가져갔다. 갑작스런 입맞춤에 당황하던 민 마담이 싫지 않은 듯, 종대의 어깨에 양손을 가져갔다. 뒤엉키는 남녀. 그러나 거기까지가 끝이었다. 뜨겁게 맞대던 입술을 떼어낸 종기가 테이블에 걸터앉아 팔짱을 꼈다. 아무 일 없었다는 듯 천연덕스러운 얼굴로. 멍하니 종대를 바라보던 민 마담이 피식 웃었다. 귀여운 녀석. 어린 남자는 뭘 해도 귀엽다니까.

"계약서에 도장은 찍었으니까…… 제가 바로 가져갑니다."

테이블에 놓인 땅문서 가운데 하나를 챙겨든 종대가 자리에서 일어섰다.

"압구정 미나리 밭 괜찮죠?"

"그렇게 해."

"그런데 궁금해요."

"뭐가."

"하고많은 땅 가운데, 하필 그런 촌구석에서 반지를 돌리세요?"

민 마담이 빙긋 웃었다.

"영동이 명동 될 수도 있잖아. 위에서 부채질만 잘해주면."

"위라…… 하긴, 높은 분들 많이 아시겠네."

"뭐, 조금."

"누님, 저도 그분들 구경 좀 할 수 있을까요?"

"왜, 소개해줄까?"

"좋죠."

"자기 혹시 서태곤 의원이라고 알아? 부동산 쪽에선 꽤 알아주는 큰손인데."

"서 의원이라면…… 영등포 뒷배 아닌가?"

"맞아. 그분이 요즘 영동에서 땅 사업을 크게 하고 있더라고. 자기라면 잘 맞출 수 있을 거 같은데."

"하지만 영등포 장덕재가 좋아하겠습니까."

"그거야 그 양반 사정이지. 중요한 건 서 의원 생각 아냐?"

"하긴……."

종대가 짧은 순간 생각에 잠긴다. 큰 목표를 향해 가려면 언제

나 크고 작은 걸림돌들을 만나기 마련이다. 걸림돌을 해결하는 방법은 몇 가지 있다. 피해 가거나, 뽑아내거나, 아니면 땅 속 깊이 묻어버리거나.

혁명 전야

밤늦은 화양세탁소. 빈 실내에 백열전등 하나만 외롭게 불을 밝히고 있다. 재봉틀에 앉은 선혜, 곁에 옷가지를 쌓아놓고 뭔가 열심이다. 재킷의 단을 누비고, 떨어진 와이셔츠 단추를 달고. 구겨진 면바지를 말끔하게 다린다. 밤이 늦었지만 작업은 좀처럼 끝날 것 같지 않다. 느릿느릿 옷가지를 매만지는 선혜의 얼굴에 잔잔한 감정이 흐르고 있다.

세탁소 문이 열리고 종대가 들어섰다.

"왔어?"

"이 밤중에 뭐 하고 있냐."

"응. 오빠 옷들 다 꺼내서 손보고 있는 거야."

"내 옷은 왜."

"옷들이 이게 다 뭐냐? 깔끔하게 좀 입고 다녀. 남들 보는 눈도 있는데."

잘 다려진 재킷을 든 선혜가 종대에게 다가갔다.

"자, 한번 입어봐."

"입어보긴 뭘…… 단추도 새로 달았네?"

"어때, 새 옷 같지?"

"너 시집가지 마라."

거울 앞에 선 종대가 농담을 했다. 농담 같지 않은 농담.

"뭐?"

"너 가면 누가 이런 거 챙겨주겠어."

"치, 걱정 마. 틈틈이 와서 해줄게."

선혜가 웃고 종대가 따라 웃었다. 다정하지만 쓸쓸한 웃음이
었다.

"오빠."

"응?"

"아빠가 오빠 걱정 많이 하는 거 알지?"

"……"

"나 가면 아빠 좀 잘해드려. 부탁이야."

선혜의 얼굴에 다시금 어떤 감정이 잔잔하게 배어났다.

방 안에는 길수가 앉은뱅이책상 앞에 가계부를 펼쳐놓고 앉
아 있다. 종대는 베개를 베고 벽을 바라본 채 모로 누웠다. 그러

나 잠이 든 것은 아니다. 방 안에 깊은 정적이 가득하다.

"사장님."

"……응."

"저번에 용기 형 만났던 날……그놈 봤어요."

"누구."

"예전에 사장님한테 칼 놓은 놈이요."

"뭐?"

"장덕재 식구더라고요. 알고 보니."

길수가 가계부로부터 고개를 쳐들자 종대도 벌떡 일어나 앉았다.

"남 사장님 죽인 놈이 장덕재 맞죠? 민평당 당사 칠 때 서 의원이 상가운영권 나눠준다고 했다면서요."

"지금 무슨 소리를 하는 거야."

"그것 때문에 장덕재랑 양기택이 작당해서 숟가락 하나 뺀 거잖아요. 맞죠?"

"뭔 뜬금없는 소리야. 그게 지금 너랑 무슨 상관인데."

"왜 상관이 없어요? 우리 식구 이렇게 사는 게 누구 때문인데요."

"……."

돌이켜보는 과거란 안타깝거나 아픈 법이다. 아름다운 추억은 다시 올 수 없어 아쉽고, 안타까운 과거는 돌이킬 수 없어 더욱 아프다.

"말해보세요. 사장님은 알고 계셨죠, 예?"

가계부를 덮은 길수가 한쪽 발을 뻗으며 힘겹게 일어섰다.

"다 지난 일이다. 넌 신경 쓰지 마."

"빚진 건 받아야죠. 사장님은 분하지도 않으세요? 우리 이렇게 된 거. 다리 그렇게 된 거."

"……."

"사장님!"

방을 나서던 길수가 멈춰서서 종대를 돌아보았다.

"김종대, 니가 잔돈푼이나 만지더니 진짜 부황이 났구나."

"그게 아니라……."

"너 자꾸 이러면 나랑 식구할 필요 없어. 알아들어?"

방문이 닫히고, 길수의 신발 끄는 소리가 멀어졌다. 종대는 방바닥에 벌러덩 드러누워 길게 한숨을 뱉었다. 길수의 태도를 도저히 이해할 수가 없었다. 가장 가까이 있지만 서로 속마음을 알 길이 없는 것. 가족이란 원래 그런 건가?

중앙정보부 지하 2층 취조실. 한낮에도 어둠과 한기가 가득 스며든 이곳에 거친 숨소리가 가득하다. 이른바 '기술자'들이 누군가에게 모진 고문을 가하는 중이다. 천장에 거꾸로 매달린 채 몽둥이로 무차별 구타를 당하고 있는 이는 영등포 보스 장덕재다. 도시 뒷골목에서는 거구에 사내들을 쥐락펴락 호령하는 그이지만 대한민국에서 가장 은밀한 초법지대인 이곳에서는 고양이 앞의 쥐 꼴이 되어 어쩔 줄을 모르고 있다.

와이셔츠의 소매를 걷어붙인 수사관 한 명이 매질을 멈추고는 거친 숨을 내쉬었다.

"서 의원한테 얼마 갖다 줬어? 이야기하라고."

"준 거…… 그런 거…… 없습니다."

"이 새끼가 정말!"

수사관이 다시 몽둥이를 휘둘렀다.

퍽.

배의 살점이 일자로 벌겋게 부풀고 장덕재가 어구구구, 하며 죽는 소리를 냈다. 만신창이가 되어 천장에 매달린 알몸뚱이가 정육점의 고깃덩이처럼 흔들거렸다.

밤에도 낮에도 세상은 바쁘게 돌아간다.

새로운 기회의 땅, 강남 영동을 향해 새로운 시대가 시작되고 있다.

무교동 민 마담의 룸살롱. 오늘 밤 VIP룸에 음악 소리가 높다.

육감적인 옷차림의 민 마담이 테이블 한가운데에 올라서서 엔카 '부루라이토 요코하마'를 부르고, 박 위원장과 열 명 남짓의 여당 의원들은 저마다 아가씨들을 끼고 술판을 벌이는 중이다.

"자, 필승합시다! 간빠이!"

박 위원장이 잔을 들고, '십인회' 의원들이 서로 흥겹게 술잔을 부딪친다. 테이블 말단에 앉은 의원 하나가 넌지시 목소리를 높인다.

"이제 우리 박 위원장도 슬슬 행마(行馬)를 하셔야지요."

다른 의원이 껴들었다.

"어허, 팔공산 정기가 쉽게 사그라들것습니까?"

박 위원장이 세상을 절반쯤 얻은 듯 여유로운 얼굴로 좌중을 둘러보았다.

"정치는 부득이하게 나서는 거야. 부득부득 나서는 놈들은 죄다 시정잡배지."

쾅!

부서져라 문이 열리고 누군가 들어섰다. 서태곤 의원이다. 술에 취한 데다 잔뜩 화가 나 있다. 한껏 오른 술기운과 분노에 걸음마저 비틀거리며 홀 가운데로 다가온다.

"서 의원?"

한창 좋던 분위기가 얼어붙고 자리에 앉은 국회의원들, 특히 박 위원장의 얼굴에 당혹감이 스친다. 좌중을 한 바퀴 휘둘러본 서 의원이 잔뜩 뒤틀린 어조로 한마디 쏘아붙였다.

"나라 꼴 자알 돌아간다."

흥이 깨진 의원들이 서로의 눈치만 보며 술렁인다. 서 의원이 테이블 하나를 와장창 뒤엎었다. 양주병이며 술잔이며 안주 접시가 요란한 소리를 내며 바닥에 나뒹굴고 아가씨들이 비명을 질렀다. 비틀비틀 선 서 의원이 허공에 삿대질을 하며 고래고래 외쳤다.

"야 이 개새끼들아, 혁명이 칵테일 파티가! 삼천만 재아놓고 기생 젖탱이나 쪼물락대는 새끼들은 뭐야!"

박 위원장이 자리에서 일어섰다.

"야, 서태곤이!"

"와. 할 말 있나?"

"어디 와서 행패야 행패가. 할 말 있으면 신사답게 말로 하자고."

"신사 좋아한데이. 우리 위원장님 간만에 보이 얼굴 마이 좋아졌네?"

룸살롱의 다른 방. 박 위원장과 서 의원이 단둘이 마주앉아 있다. 서 의원은 울분을 겨우 삭이는 중이고, 박 위원장은 그를 적당히 어르고 달래는 분위기다.

"장덕재는 왜 달았노?"

서 의원이 그리도 분노를 삭이지 못한 이유는 다른 데에 있었다. 그것은 국가를 위한 이유도, 국민이나 정치를 위한 이유도 아니었다.

"글마랑 내랑 엮어가 완저이 꼭지를 딸라 드나?"

박 위원장이 팔짱을 끼고 시큰둥하게 한마디 뱉었다.

"너 그놈한테 뭐 물린 거 있냐? 경찰이 깡패 잡는데 니가 왜 난리야?"

"내도 추접하게 지난 얘기 끄내기 싫은데, 그 일은 볼쎄로 다 잊아뿟는갑제?"

"뭐가?"

"일전에 야당 공작할 때, 깡패새끼들 쓰자칸 놈이 누꼬? 그기 문제 돼갖꼬 내 혼자 총대 메쳤으모, 최소한의 도리는 지키야 되는 거 아이가. 이 말뚱가리 새끼야."

서 의원의 한마디에 그는 정곡을 찔린 듯 움츠렸지만 그다지 당황하는 기색은 없었다.

"그래서 뭐. 하고 싶은 말이 뭔데?"

"장덕재 풀어주라. 드러븐 꼴 보기 싫으모."

"내가 동기로서 한마디만 할게. 공연히 사업한답시고 깡패새끼들이랑 어울려 다니지 마라. 너 그래가지고 당 복귀는커녕 공천이나 제대로 받겠냐?"

탁. 두 손으로 거세게 탁자를 내려친 서 의원이 박 위원장을 향해 눈을 부릅떴다. 그리고 이를 악물었다.

"어이 박 소령, 니만 땡크 몰고 한강 넘어왔나."

"……."

"당장 수사 작파시키라이. 알았나?"

식구를 봐버렸어

늦은 밤, 명동 대왕호텔 주차장, 지프 안에 두 남녀가 앉아 있다. 아직 얼굴에 상처가 가시지 않은 용기와 소정이다. 짧은 만남조차 위태로운 연인 사이. 용기가 편치 않은 얼굴로 창밖을 둘러보았다.

"미쳤냐? 무슨 일 때문에 여기까지 찾아왔어?"

소정 또한 잔뜩 찌푸린 얼굴이다.

"며칠째 가게에도 안 오고 연락도 안 되고, 어떻게 해 그러면."

"할 얘기가 뭔데?"

"……양 전무가 집으로 들어오래."

"뭐?"

"내 앞으로 아파트 해놨다고, 당장 그리로 들어오래."

용기가 한쪽 입가를 올리며 피식 웃었다.

"못 간다고 해."

"……자기가 직접 얘기해."

"야, 너 지금……."

"왜, 겁나?"

용기가 아랫입술을 질근 씹었다.

"야, 애초에 냄새 피운 건 너 아냐. 니가 알아서 해야지 씨발."

"뭐야?"

용기의 옆얼굴을 바라보는 소정의 얼굴에서 핏기가 가시고
있다.

"백 부장님, 진짜 개새끼네요."

소정은 그렇게 쏴붙이고 냅다 차 밖으로 나섰다. 용기가 급히
차에서 내려 소정의 팔목을 붙들었다.

"주소정, 너 갑자기 왜 이래?"

"이거 놔. 몰라서 물어?"

"야, 이리 좀 와봐."

용기는 달아나려는 소정을 애써 끌어안고 어깨를 두드렸다.

"미안해 미안해. 내가 말 잘못했어. 나도 생각이 있으니까 조금만 기다려봐. 알겠지?"

"아 됐어."

용기를 매몰차게 밀쳐낸 소정이 호텔 후문 쪽으로 후다닥 뛰어갔다. 멀어지는 뒷모습을 멍히 지켜보던 용기가 고개를 절레절레 흔들었다. 힘들구나. 사랑도 힘들고 여자 다루기도 힘들고. 그때였다. 어디선가 기분 나쁜 목소리가 들려왔다.

"아이고 백 부장."

어스름한 돌담 옆에서 누군가 뚜벅뚜벅 걸어 나온다. 경표였다. 빌어먹을. 낭패로구나. 남들에게 발각되어서는 안 되는 가장 위험한 장면을 가장 위험한 놈에게 보이고 만 것이다. 용기의 얼굴이 일순 얼어붙었다.

"왜 이렇게 얼굴 보기가 힘들어? 좆나게 찾았다야."

"웬일……이십니까?"

"너랑 나랑 아직 해결 못 본 게 있잖아. 업장 나누는 거 말이야."

"……."

"그런데 말이야, 문제가 또 하나 생겼다?"

"문제라뇨."

"족보가 다 틀어졌어. 소정이가 형수님이야, 제수씨야? 어떻게 불러야 돼?"

"……."

"아, 헷갈리네. 형님한테 물어봐야 되려나."

담배 한 개비를 건넨 경표가 불까지 붙여주었다.

"너무 히야시는 먹지 마라. 따까리 마음 따까리가 잘 안다고, 난 네 편이야. 주둥이에 공구리치고 있을 테니까, 우리끼리 조용히 쇼부치자."

용기가 담배를 한 모금 깊게 빨아들였다.

"형님 원하시는 게 뭡니까?"

"넌 관리만 해. 쩐대는 내가 찰게. 넌 하이바, 난 구찌. 좋잖아?"

와락, 용기가 경표를 냅다 끌어안았다. 그러고는 뒤춤에서 재빨리 칼을 뽑아 경표의 두터운 복부를 향해 깊숙이 쑤셔넣었다. 헉. 일순 웃음기가 가신 경표가 주춤주춤 뒷걸음을 쳤다. 고통에 얼굴을 잔뜩 일그러뜨린 채.

"그래 씨발 나 양아치다. 좆만 한 뽕쟁이 새끼가……."

비명도 지르지 못한 채 경표가 바닥에 무너져 내렸다. 손에 들린 단검, 거기에 번들번들 묻은 피. 눈이 멀 것 같았다. 빌어먹을, 이게 무슨 꼴이람. 망했구나.

"종대 씨는 좋아하는 사람 있어?"

민 마담의 젖은 목소리. 가운 차림으로 화장대에 앉은 그녀가 공들여 매니큐어를 바르고 있다. 웃통을 벗은 채 침대에 걸터앉아 있는 이는 종대다. 쾌락이 식어가는 시간. 종대는 지극히 무심한 얼굴로 담배를 피우고 있다.

"왜요."

"그냥. 궁금해서."

종대는 대답하지 않는다. 눈앞에 떠오르는 얼굴 하나가 있다. 방금 전 민 마담과 몸을 섞으면서도 그녀를 생각했던가. 민 마담이 거울 너머로 종대를 바라보았다.

"있구나?"

"……."

"뭐 하는 아가씨야?"

"……곧 시집가요."

"아."

종대가 소파 위의 와이셔츠를 집어 들었다.

"그런데 장덕재는 왜 잡혀간 거예요?"

"글쎄, 정치자금 준 게 문제가 된 모양이지. 그거 말고 중정이 깡패두목을 왜 건드리겠어."

"그럼…… 이제 서 의원도 골치 좀 아프겠네."

"그렇겠지. 장덕재가 입이라도 뻥끗하면 좀 피곤해지지 않겠어?"

"……."

"그런데 왜?"

"누님, 나 다리 좀 놔줘요. 서 의원하고."

성희가 고개를 돌려 종대를 바라보았다.

"괜찮겠어?"

"나도 언제까지 이렇게 변두리에 처박혀 있을 수는 없잖아."

따르르릉. 전화벨이 울렸다. 그 소리가 왠지 불길하다. 탁자 위에서 울어대는 전화기를 종대와 민 마담이 가만히 지켜보고 있었다.

봉봉카바레 골목에 지프 한 대가 정차해 있다. 운전석에 앉은 용기가 담배를 피우고 있다. 두려움과 후회로 잔뜩 찌든 얼굴. 조수석 문이 열리고 종대가 아는 체를 한다.

"형, 무슨 일이야? 왔으면 들어오지."

"……."

"무슨 일인데…… 어라?"

종대의 입술이 일자로 굳게 다물렸다. 용기의 와이셔츠 소매에 묻은 핏자국을 발견한 것이다. 용기가 담배연기를 한숨처럼 내뿜었다.

"좆됐다 나."

"왜 그러는데. 말 좀 해봐."

"식구를 봐버렸어."

"뭐?"

"잠깐 헷또가 갔었나 봐. 하아. 정신이 드니까 종대 네 생각밖
에 안 나더라고."

"형……."

"종대야. 어떻게 하냐?"

한 시간 후, 짙은 안개를 헤집고 달려가던 용기의 지프가 컴컴
한 둑길 위에 멈춰섰다. 인적 드문 야산 저수지다. 크르륵. 시동
을 끄자 지프의 엔진 소리와 헤드라이트 불빛이 일시에 숨을 죽
인다. 트렁크를 열자 그 안에 경표가 처박혀 있다. 복부가 온통
피로 물든 채 상처 입은 벌레처럼 조금씩 꿈틀거린다.

"용…… 용기야……."

간신히 숨을 이어가며 그렇게 웅얼거린다.

"뭐야, 아직 살아 있었네?"

종대가 황당한 듯 중얼거렸다.

"용기야……. 살려……주……라……. 내 멀리…… 사라질

게……. 용기야……."

용기가 당혹스러운지 뒷머리를 쥐어뜯었다.

"아 씨팔……. 이걸 어쩌냐."

"살려줘……."

잠시 경표와 용기를 번갈아 바라보던 종대가 트렁크에 놓인 엽총을 들었다. 총신을 꺾어 장전된 탄알을 확인하는 종대를 용기는 말끄러미 바라만 보고 있다.

탕!

뿌옇게 차오른 안개를 찢듯 총소리가 울렸다.

용기가 가져온 광목천으로 경표의 시신을 둘둘 말았다. 그러고는 저수지 물가로 시신을 끌고 가 힘차게 내던졌다. 첨벙. 검은 저수지 물결이 갓 죽은 이의 시신을 천천히 집어삼켰다. 그모습을 멍히 바라보며 종대가 다시 담배를 꺼내 물었다.

"이제 어떻게 할 거야."

"……방법을 찾아봐야지. 너한테라도 가야 되냐?"

"……."

"씨팔, 여기까지 어떻게 왔는데…… 아주 좆같이 꼬였다."

"나한테 와."

용기가 어둑한 수풀에 침을 뱉었다.

"야, 넌 감당 안 돼. 나랑 엮이면 양기택이가 너는 가만두겠냐.”

종대의 손끝에서 틱, 튕겨 나간 담배가 저수지 저편으로 사라졌다.

“영등포 들어가자.”

“뭐?”

“서 의원 뒷배 타면, 기택이도 쉽게는 못 건드릴 거야.”

“종대야 너…….”

용기가 더는 말을 잇지 못하고 종대의 얼굴을 멍하니 바라보았다.

명동상사, 양기택의 사무실에 재필과 철승, 용기 등 조직원이 다 모였다. 분위기가 심상치 않다. 영등포 일파에게 경표가 납치되었다는 용기의 거짓 보고 때문이다. 영등포 조직원들에게 끌려갔을 때 생긴, 용기의 얼굴에 남은 상처들을 바라보던 부두목 재필이 힘차게 팔을 내둘렀다. 짝. 따귀를 맞은 용기가 열중쉬어 자세로 고개를 숙였다.

“야 이 새끼야, 그런 일을 당했으면 바로 얘기를 했어야지, 쪽 팔린다고 숨겼다가 경표까지 끌려가게 만들어?”

“……죄송합니다.”

재필의 또 다른 수하인 철승이 곁에 서서 누런 앞니를 드러냈다.

"당장 경표 빼내와. 무슨 수를 쓰더라도! 걔한테 뭔 일 생기면 너부터 죽는 거야. 알았어?"

그때 기택이 잰걸음으로 사무실에 들어섰다.

"어떻게 됐냐? 아직 소식 없어?"

"영등포 쪽에 끌려간 거 같습니다."

용기가 다시금 머리를 조아렸지만 기택은 고개를 저었다.

"영등포? 걔들이 그럴 정신이 어디 있어? 장덕재 끌려갔다가 어제 겨우 나왔는데."

"……예?"

재필과 철승 등이 의아한 얼굴로 서로를 둘러보았다. 내심 불안함을 숨기고 있는 쪽은 용기뿐이었다. 기택이 담배를 입에 문 채 웅얼거렸다.

"주변에 약 하는 놈들 먼저 뒤져봐. 경표 새끼 약 사려고 진상 많이 치고 다녔잖아."

"예, 형님."

"그리고 용기랑 재필이, 둘은 영동 좀 들어가야겠다."

용기가 슬그머니 고개를 들었다.

"영동…… 말입니까?"

PART 4
전쟁

"군바리하고 건달은
줄을 잘 서야 돼"

강남
1970

2015.01

이민호 / 〈말죽거리 잔혹사〉 〈비열한 거리〉 유하 감독 / 김래원

1970년, 두 남자가 걸어 들어간 욕망의 땅!

"내 땅 한번
원 없이 만들어 볼 거야"

강남
1970

2015.01

이민호 / 〈말죽거리 잔혹사〉 〈비열한 거리〉 유하 감독 / 김래원

1970년, 두 남자가 걸어 들어간 욕망의 땅!

후발주자

　목요일. 때 아닌 가을비가 온종일 내리고 있다. 화양세탁소 뒷마당에도 한없이 빗줄기가 떨어진다. 텅 빈 빨랫줄이 스산한 비바람에 몸을 떤다. 세탁소에는 지금 아무도 없다. 간만에 길수와 선혜 부녀가 나란히 외출했기 때문이다.

　선혜의 상견례가 있는 날이다. 신촌의 아담한 한식집. 말끔하게 차려입은 길수와 선혜가 테이블을 사이에 두고 정민 가족과 마주앉았다. 세상에서 가장 조심스럽고 불편한 자리. 조신하게 고개를 숙이고 있던 선혜가 맞은편의 정민과 눈이 마주친다. 뭐가 그리 좋은지 정민이 그녀를 향해 벙글벙글 웃는다. 선혜가 멋쩍은 미소를 지으며 고개를 숙인다. 사돈 부부는 대체로 점잖은 인상이다.

"엄마도 없이 커서 가르친 게 별로 없습니다."

길수가 연신 고개를 조아렸다. 딸 가진 죄인이란 말도 있지만, 내세울 것 하나 없는 집안에서 나고 자란 딸아이를 시집보내는 일에 자꾸만 주눅이 든다.

"자식 이기는 부모 있나요? 하하하."

정민의 부친이 너털웃음을 터뜨렸다.

"참, 직장 다니는 오빠가 한 분 있다고 들었는데……."

"아 예…… 오기로 했는데…… 일이 좀 늦게 끝나나 봅니다."

"세탁소를 하신다고요."

시종 눈을 내려깔고 있던 정민의 모친이 도도하게 입을 열었다. 그러자 정민이 걱정스럽고도 불편한 얼굴로 제 어머니를 바라본다. 길수가 대답했다.

"예, 가진 재주가 그것밖에 없어서."

"아이들 결혼을 앞두고, 실례지만 하나만 양해 좀 드릴까 해서요."

"말씀하시지요, 사부인."

"다름이 아니라 세탁소 하시는 거, 결혼식에서 말이 안 나왔으면 해서요."

"엄마……."

"넌 가만히 있어."

정민이 제지해보지만 모친은 완강했다.

"아이 아빠 체면도 있고…… 조용히 지나가는 게 좋을 것 같아서요. 괜찮으시겠지요?"

길수가 지그시 눈을 감았다.

"잘 알겠습니다. 조심하도록 하지요."

"이해해주시니 감사해요. 그럼 그 문제는 더 언급 않도록 하지요."

길수의 가슴 속에서 뜨거운 것이 치밀었다. 당장에 식탁을 뒤집어엎고도 싶었다. 깡패 자식이란 소리 안 듣게 하려고 갖은 만류와 비웃음 속에 어렵사리 시작한 세탁소였다. 그것을 손가락질하는 사람이 있으리라고는 상상조차 못했다. 아비 노릇이라는 게 이리도 힘들단 말인가. 그러나 고운 원피스를 입고 얌전히 앉아 있는 선혜를 보니 꾹 참을 수밖에 없었다. 부아가 치밀고 한편으로 서러웠다. 오래전 죽은 아내가 느닷없이 떠올랐다.

비는 그치지 않았다. 오히려 저녁이 되면서 빗줄기가 더 거세어졌다. 우산도 없이 차가운 빗줄기를 맞으며, 종대가 어두워진 거리를 걷고 있다. 선혜를 위해 차려입은 와이셔츠와 재킷이 비에 함빡 젖었다. 아무래도 오늘 상견례 자리에는 갈 수 없을 것 같다. 전쟁. 전쟁이 시작되었기 때문이다.

종대가 이번에 들어선 곳은 서울 외각의 한 룸살롱이다. 복도를 두리번거리며 성큼성큼 발을 내딛는다. 발길 지나는 곳마다 비 젖은 발자국이 뚜벅뚜벅 새겨진다.

아담한 룸 안, 사내 둘이 속옷 차림의 아가씨들과 술을 마시고 있다. 영등포 장덕재 일파의 중간보스, 오른쪽 뺨에 화상 자국이 있는 그 사내와 수하의 조직원이다.

쾅!

문을 열어젖힌 종대가 테이블로 달려들었다. 화상 자국을 향해 힘차게 발길질을 한다. 미처 대비하지 못한 놈이 테이블에 세차게 얼굴을 처박고 아가씨들은 두 팔로 가슴을 가리며 비명을 질렀다.

"뭐야!"

벌떡 일어나 달려드는 수하에게 턱을 부숴놓을 듯 강력한 라이트훅을 날린 다음 소파에 나자빠진 놈의 뒤통수를 맥주병으로 내려쳤다. 퍽. 맥주 거품과 갈색 유리 파편들이 사방으로 흩어진다. 재빨리 군용 대검을 빼들어 화상 자국의 허벅지에 깊이 쑤셔 박는다.

"으아악!"

화상 자국이 절규하듯 비명을 지른다. 다시 칼을 빼들고 세차

게 복부에 찌른다. 한번. 또 한번. 칼자루를 쥔 손이 짜릿한 긴장
감으로 경련했다. 속옷 차림의 아가씨들은 비명을 지르며 도망
치고, 화상 자국이 피를 쏟으며 버르적거린다. 사장님의 복수이
고 선혜의 복수다. 광기 어린 종대의 얼굴에 붉은 피가 튀었다.

　비 오는 저녁의 전쟁은 근방의 여관으로 이어졌다.

　여관방 안, 러닝셔츠 차림으로 소파에 앉은 장덕재파의 중간
보스 한 명이 술을 마시고 있다. 유리잔에 위스키를 따라 벌컥벌
컥 들이켠다. 똑똑. 노크 소리가 들리고, 여관 종업원으로 가장
한 민규가 들어섰다.

　"이불 가져왔습니다."

　"놓고 가."

　침대로 다가가던 민규가 힐끔 눈치를 살펴더니 재빨리 달려
들어 이불로 놈의 몸을 덮는다. 이불 안에서 몸부림치는 놈을 민
규가 온몸으로 짓누른다. 용기가 빠르게 여관방 안에 들어선다.
버둥거리는 중간보스의 다리를 대검으로 깊숙이 내리찍는다. 으
악! 이불 밑에서 처절한 비명소리가 들려왔다.

　전쟁은 이발소에서도 이어졌다. 늙은 이발사가 빠른 손놀림
으로 면도크림을 개는 중이다. 그 옆의 이발소 의자에는 덩치 좋
은 사내가 타월을 얼굴에 덮고 누워 있다. 장덕재파의 또 다른
중간보스다. 이발소 문이 열리고 세 명의 사내가 소리 죽여 들어

선다. 창배와 명춘, 병삼이다. 그들의 손에 들린 쇠파이프를 발견한 이발사가 놀라 주춤주춤 물러선다. 중간보스의 양옆으로 다가선 명춘과 병삼은 얼굴을 덮은 타월을 아래로 힘껏 잡아당겼다.

컥. 컥컥. 팽팽히 당겨진 타월에 얼굴이 짓눌린 남자는 비명도 못 지르고 허우적거린다. 놈의 두 다리를 향해 창배가 쇠파이프를 연신 휘두른다. 퍽. 퍽. 퍽. 다리뼈가 여러 마디 부러졌을 중간보스는 의자 아래로 굴러떨어지더니 필사적으로 기어 도망친다.

"사, 사람 살려……."

그의 몸 위로 모진 매질이 연거푸 이어졌다.

'후발주자'가 불을 지핀 한밤의 전쟁이 막바지로 치닫고 있다. 마지막 칼날은 영등포 보스 장덕재를 향하고 있다. 밤늦은 시각 목욕탕. 탕 안은 텅 비어 있다. 단 한 사람, 어깨에 용 문신을 새긴 알몸의 장덕재가 물속에 비스듬히 앉아 있다. 두 팔을 탕 언저리에 얹고 기대어 지그시 눈을 감았다. 드르륵. 미닫이문이 열리고 두 사람이 들어섰다. 용기와 종대다. 그들의 검은 양복과 정장 구두가 김이 솟는 열탕과 어울려 묘한 위화감을 자아냈다. 욕탕으로 다가간 용기가 뒤에서 장덕재의 머리채를 힘차게 잡아당겼다. 다른 손으로는 우악스레 입을 틀어막았다. 기습에 놀란 장덕재가 반사적으로 팔을 놀리며 허우적허우적 첨벙댄다.

종대가 날렵한 몸을 훌쩍 날려 욕조 안으로 뛰어들었다. 첨벙. 구둣발로 물살을 가르며 덕재의 복부를 힘껏 걷어찼다.

자신의 최후를 직감한 것일까, 두 눈을 부릅뜬 덕재가 발악하 듯 몸을 뒤틀었다. 그러나 꼼짝할 수가 없다. 등 뒤에서 용기가 필사적으로 머리채와 입을 붙잡고 있었기 때문이다. 종대가 품 에서 새파랗게 날이 선 대검을 꺼내들었다. 그리고 장덕재의 아 랫배에 칼날을 깊이 박았다. 깊이. 더 깊이. 우욱. 우욱. 비명도 못 지르고 미친 듯 첨벙거리던 물속의 발버둥이 서서히 멈추었 다. 붉은 피가 수면에 빠르게 퍼져나갔다.

대혼란

민 마담의 무교동 룸살롱 별실에 특별한 술자리가 마련되었 다. 서태곤 의원과 종대가 처음 만나 인사를 나누는 자리다. 야 심 가득한 뒷골목의 청년과 그에 못지않게 탐욕 넘치는 정치인 의 만남. 어색하게 마주앉은 두 사람 사이에 민 마담이 껴들어 요염한 웃음을 날렸다.

"땅 잘 보는 사람이 관상도 잘 본다던데. 여기 김 부장 어때 요?"

서 의원이 고개를 끄덕였다.

"누구를 배신할 눈빛은 아이구마."

"그쵸? 저도 일해 보니까 아주 클리어하더라고요. 자 그럼, 두 분 말씀 잘 나누세요."

민 마담이 자리를 뜨고, 서 의원이 양주병을 들었다.

"종대라고? 한잔 받그라."

"감사합니다."

종대가 절도 있게 고개를 돌려 입안에 독한 술을 털어 넣었다.

"그런데 제가…… 예전에 의원님 한번 뵌 적 있습니다."

"그래? 어데서?"

"수원 남 사장님 빈소에서요. 제가 강길수 사장 밑에 있습니다."

"강길수? 니 길수 아가?"

"그렇습니다."

서 의원이 고개를 끄덕였다.

"카모 덕재도 잘 알긋네?"

"조금은 알고 있습니다."

"니 꽤안나? 장덕재 글마가 감당하기 쉽진 않을끼네."

"그건 걱정 안 하셔도 됩니다."

종대가 눈을 반짝였다.

"제가, 이미 잘라냈으니까요."

"머?"

"앞으로 그 양반 때문에 의원님 사업에 지장받는 일은 없을 겁니다. 제 말, 믿어주십시오."

팔짱을 낀 서 의원이 의자에 등을 기댔다. 그리고 종대를 가만히 바라보았다. 예사롭지 않은 기운이 느껴진다. 여간이 아니로군. 저돌적인 맹수 같아. 종대가 당돌하게 입을 열었다.

"의원님, 저한테도 기회를 한번 주십쇼. 쓸 때 쓰고 버릴 때 버리는 게 건달 아닙니까."

서 의원은 말이 없다. 꾼은 꾼을 알아본다. 야심 하나로 버티며 이 자리까지 올라온 그였기에 종대에게서 낯설지 않은 야심의 냄새를 맡을 수 있었다.

제 몸을 먹이 삼아 끊임없이 몸피를 부풀리는 야심의 위태로운 속성. 끝을 알 수 없는 질주가 시작되었다. 그 흐름을 되돌리거나 멈출 방법은 이제 없다. 종대가 벌인 전쟁. 그에 분노하는 한 사람이 있었다. 길수였다. 늦은 저녁 화양세탁소에 들어서는 종대의 걸음을 길수가 막아섰다.

"무슨 짓을 하고 다니는 게냐."

매섭게 화난 눈빛. 나직하지만 독기 서린 목소리. 종대가 대꾸

할 말을 못 찾고 머뭇거렸다.

"이 상놈의 새끼!"

길수가 거침없이 주먹을 날렸다. 묵직한 힘이 실려 있다. 절름발이 세탁소 주인이지만 한때 뒷골목의 강자로 이름을 날렸던 그다. 턱을 얻어맞은 종대가 바닥에 나가떨어진다. 그 바람에 세탁물들을 걸어놓은 옷걸이가 와장창 쓰러졌다. 곁에 선 창배가 어쩔 줄 몰라 하며 그 장면을 지켜보고 있다.

"누가 그따위 짓 하라 그랬어! 응? 죽고 싶어 환장했냐?"

종대가 입가의 피를 닦으며 천천히 일어섰다. 이미 각오했던 일이다. 이런 반응이 두려웠더라면 애초에 시작도 하지 않았을 것이다. 길수가 다시 소리쳤다.

"……개새끼, 네가 나를 진짜 병신으로 만드는구나. 너 정 그렇게 깡패질 하고 싶으면 나가! 당장 이 집에서 나가라고!"

창배는 죄인처럼 고개를 숙였고, 종대가 길게 숨을 들이마셨다. 그리고 힘주어 말했다.

"사장님, 저 강길수 식구로…… 서 의원 밑에서 일하기로 했습니다."

"뭐야?"

"그러니까 사장님도 이제 세탁소 접으시고, 저랑 영등포 들어가시죠."

"너 정말……."

할 말을 마친 종대가 화양세탁소를 나섰다. 말문이 막힌 길수가 그 뒷모습을 멍히 바라보고 있다. 힘이 빠지는지, 다림대 옆의 의자에 털썩 주저앉고 만다.

영등포 나이트클럽의 대형 룸. 새로운 조직들이 회합을 갖는 자리다. 종대와 창배를 비롯한 식구들이 테이블 상석에 앉고, 영등포 조직원들이 그 밑으로 나란히 앉아 있다. 종대의 옆자리에 앉은 서 의원이 양주잔을 쳐들었다.

"자! 앞으로 덕재를 대신해가 느그들 챙기줄 행님이다. 잘 모시그라이."

그러자 뒷자리에 앉아 있던 영등포 간부 하나가 잔을 들고 일어섰다.

"자, 의원님과 종대 형님을 위하여 건배!"

"위하여!"

조직원들이 일제히 잔을 부딪치고 고개를 돌려 술을 마신다.

"길수는 오데 갔노?"

서 의원의 질문에 종대가 불편한 얼굴이 되었다.

"……곧 오실 겁니다."

하지만 사실이 아니다. 길수는 오늘 영등포에 나타나지 않을 것이다.

지금 그는 화양세탁소에 혼자 남아 있다. 전등불 아래 홀로 앉아 다림질을 하는 중이다.

밤은 깊고 세탁소는 조용하다. 길수의 얼굴에 어떤 비애감이 가득하다. 친아들처럼 데리고 있던 종대가 지금 새로운 세상을 꿈꾸며 영등포에 가 있다. 종대의 야망을 막아 세울 힘이 그에게는 없다. 그것이 길수를 더욱 참담하게 만든다.

날이 밝았다. 오늘, 또 하나의 이별이 길수를 기다리고 있다.

딸 선혜의 결혼식 날. 예식은 오후 1시에 거행되었다. 종로에 위치한 결혼식장은 화려했고 하객들로 북적였다.

"자, 카메라 보시고, 스마일! 찍습니다!"

사진기 앞에 선 사진사의 외침에 따라, 사람들이 저마다 어색한 미소를 지어 보였다. 연신 싱글벙글 웃고 있는 신랑과 달리 신부는 수줍게 고개를 숙이고만 있다. 하얀 면사포를 쓴 그 자태가 서글프도록 아름다웠다. 길수와 종대, 창배, 명춘, 병삼 등 신부 측 가족들은 신랑 측 하객들에 비해 썩 단출한 편이다. 약간 떨어진 채 서 있는 길수와 종대 사이에는 뭔가 불편한 기운이 흐른다. 길수는 냉랭한 얼굴로 종대를 외면하고, 종대는 종대대로 죄스러운 마음에 길수에게 다가서지 못하고 있다.

펑!

플래시가 터지고, 단체사진을 위해 모여 섰던 사람들이 뿔뿔이 흩어져 갔다. 일생에 단 한 번뿐인 행복한 날. 결혼식이 정신 없이 끝나가고 있다. 신랑 신부 두 사람만이 남아 텅 빈 식장을 배경으로 사진 촬영을 한다.

"자, 오늘같이 좋은 날 신부도 좀 웃어보세요!"

사진사가 재촉했다. 그제야 신랑 정민의 팔짱을 낀 신부 선혜가 우아하게 미소를 짓는다. 멀찌감치 벽에 기대선 종대가 면사포 쓴 선혜를 묵묵히 바라보고 있다. 잘 가. 행복해야 한다. 집 걱정은 말고.

결혼식장을 나선 종대가 오토바이에 앉아 시동을 걸었다. 부르릉. 주차장을 벗어난 오토바이가 화난 짐승처럼 달린다. 길게 뻗은 교외 도로를 타고 어디론가 질주한다.

그의 질주가 끝난 곳은 영동이라 불리던 강남, 잡초가 무성한 삼성동 한가운데였다. 그를 둘러싸고 황량한 벌판이 펼쳐져 있다. 길가에는 검은 지프 한 대가 세워져 있다. 용기의 차다. 오토바이가 지프 앞에 멈추었다.

"왔구나. 결혼식 잘 끝냈어?"

"……응."

용기가 검은 선글라스를 벗었다.

"명동은 분위기 좀 어때, 형?"

"아직 의심하는 거 같지는 않아. 박 의원 사업 때문에 다들 정신이 없거든."

"그래도 위험하니까 빨리 나와. 언제까지 지뢰 밟고 있을 수는 없잖아.

용기가 종대를 응시했다. 그 매서운 눈매에는 뭔가 깊은 의미가 담겨 있다.

"내친김에 양기택이도 쳐내자."

"……뭐?"

"어차피 호랑이 잔등에 올라탔잖아. 명동 업장들까지 우리가싹 다 먹어버리자고."

"양기택이 업장엔 관심 없어. 나 업장 싸움이나 하려고 영등포 들어온 거 아냐."

"그럼 뭔데?"

"생각해봐. 우리가 그놈의 방 한 칸 없어서 얼마나 쫓겨 다녔어? 나, 서 의원 사업 도와서 내 땅 한번 원 없이 만들어볼 거야."

종대가 오토바이에 올라탔다.

"그러니까 형도 빨리 넘어와. 여기에 형이 맨션아파트 정도는 근사하게 올려줘야지. 안 그래?"

용기는 말이 없다. 종대가 오토바이 엑셀을 당겼다.

"형, 잘 봐! 내가 달리는 데까지 다 내 땅이야."

부르릉. 오토바이가 힘찬 엔진 소리를 토해냈다. 종대의 외침이 조금씩 멀어졌다.

"전부 내 땅이라고 씨발!"

종대의 뒷모습을 지켜보던 용기가 주먹으로 지프의 범퍼를 탕탕 두드렸다.

"그래, 땅종대, 돈용기! 끝까지 한번 가보자 씨발!"

광활한 야지를 종대의 오토바이가 거침없이 질주한다. 뿌연 흙먼지 바람이 종대의 머리칼을 마구 헤집었다. 그 얼굴에 희열감이 가득 들떠 올랐다. 형제 아닌 그들 형제는 어쩌면 가장 눈부신 한 시절을 그렇게 지나고 있었다.

제비들

박승구 재정위원장의 저택. 응접실에 사람들이 모여 있다. 박의원과 시청 도시계획과 문 과장, 명동상사 양기택과 재필, 용기 등이 그들이다. 나라의 양지와 음지에서 누구보다 강력한 힘을 과시하는 이들이 한자리에 모여 새로운 세상을 도모하는 중이다. 탁자 위에는 역삼동 어느 구역의 지번이 적힌 종이와 두툼한 돈다발이 놓여 있다.

"허삼건설의 허 회장이라고 아시죠?"

문 과장이 묻고 기택이 대답했다.

"예. 그분 땅 안 밟고는 영동 지나갈 수 없다면서요."

"이게 허삼건설의 역삼동 부지인데, 딜이 쉽지 않더라고요."

문 과장으로부터 받은 문서를, 기택이 재필에게 건네었다.

"본청 도시개발과에서 움직이는데 딜이 쉬우면 이상하죠."

박 위원장이 의미심장한 훈수를 두었다.

"앞으로 껄끄러운 지번들은 양 전무한테 넘길 거니까, 잘 진행해봐."

문 과장이 생각난 듯 박 위원장을 바라보았다.

"아, 서 의원은 어떻게 됐습니까?"

"똥 싸는 놈 주저앉힐 수 있나? 알아서 자숙하겠지."

기택이 입가에 야비한 미소를 머금었다.

"장덕재 없어지니까, 어디서 떨거지 한 놈을 데려왔더라고요."

"떨거지?"

"강길수라고, 논두렁 건달 하나 있습니다."

영등포의 나이트 홀. 실내에 지르박 음악이 경쾌하게 울려 퍼지고 있다. 슬로우 퀵, 슬로우 슬로우 퀵 퀵! 전문 족쟁이들이 각각 짝을 지어 날렵하게 춤 연습을 하고 있다.

"셋 넷 다스 여스 일곱 여덟!"

춤 선생 춘호가 추임새를 넣어가며 열심히 동작을 지도한다. 그런데 지켜보는 창배는 영 마음에 들지 않는 모양이다. 나름 심각한 얼굴로 손을 저으며 나섰다.

"야, 스톱! 이 새끼들 지옥훈련 좀 받아야 되겠구만."

일동이 어리둥절 멈춰섰다.

"춤이 그게 뭐야? 무슨 엉거주춤이야? 어택이 없어 어택이. 그래가지고 강남 아줌씨들 넘어오겠냐? 나 잘 봐."

곁에 선 춘호를 잡아 돌리더니 허리를 거세게 젖힌다. "보이냐? 여자 허리를 이렇게 90도로 꺾어 젖혀. 그다음에 허벅다리로 치골을 강하게 비비면서 밀어붙이는 거야. 상대방 사타구니에 다리를 들이미는 거지. 이게 바로 올려 때려! 그런데 그냥 때리느냐? 그게 아니야."

창배가 손을 펴 보였다. 하얀 탁구공이 쥐여 있다.

"요놈 하나씩 주머니에 넣고 때리는 거야. 바로 인감도장 나온다!"

갈고닦은 '예술'을 발휘할 때가 되었다. 제비들의 강남 여행이 시작된 것이다.

금요일 오전. 관광버스 한 대가 교외 도로를 달리고 있다. 영동을 거쳐 서울 시내까지 제3한강교를 넘어가는 버스다. 좌석을 가득 메우고 앉은 이들은 영동 토박이 지주 아줌마들이다. 간만의 외출이 즐거운지 왁자지껄 수다를 떨고 있다. 차내에 경쾌한 뽕짝리듬이 시작되고, 제비들 몇몇이 버스 통로에 나서서 우스꽝스런 춤을 추며 분위기를 띄웠다. 아줌마들이 박장대소하며 이에 호응한다.

분위기가 무르익자 창배가 마이크를 잡고 나섰다.

"싸모님들! 우리 사장님한텐 계모임 관광 간다 하고 나오셨죠?

그러자 일동이 크게 대꾸했다.

"예!"

"좋습니다! 자, 저희 업소에서는 건전한 땐스 문화의 정착과 농사일에 힘쓰시는 싸모님들의 사기진작을 위하여, 1년에 두 번씩 이런 뜻깊은 서비스를 제공하고 있습니다. 오늘 하루 즐겁게, 만사 걱정 다 제쳐놓고 즐겨주시기를 바라오며……."

이윽고 관광버스가 도착한 곳은 영등포의 나이트클럽이다. 홀에 우르르 모여든 영동 아줌마들을 춘호와 동료 족쟁이들이 맞이했다. 즉석에서 춤 강연, 이른바 '예술 수업'이 시작되었다.

강남 제비들과 어울려 춤추는 영동 토박이들. 테이블에 앉은 종대가 술잔을 기울이며 그 모습을 지켜본다. 아줌마들을 안고 날렵하게 춤추는 제비들의 허리 움직임이 리드미컬하다. 강남 제비가 박씨를 물어오는 사연이 이렇게 만들어지고 있다. 어느 키 작고 뚱뚱한 지주 아줌마를 품에 안고 흐느적흐느적 블루스를 추던 춘호가 뒤를 돌아보았다. 멀리 종대에게 윙크를 보낸다. 땅문서 한 건이 해결되었다는 의미다.

영동 땅 사수를 위한 작전은 또 다른 장소, 북창동의 어느 룸살롱에서도 숨 가쁘게 진행되고 있었다. 아담한 룸 안이 난장판으로 어지럽혀져 있다. 한바탕 환락이 휩쓸고 간 자리. 테이블 위에는 깨진 술병과 안주 접시가 어지럽게 놓였고, 백색 마약인 필로폰 봉지도 터져 있다. 그 옆으로 쓰고 버린 주사기들도 보인다. 소파 위에는 대학생 정도로 보이는 어린 사내 하나가 엎어진 채 정신없이 잠들어 있다.

문이 열리고 사람들이 들이닥쳤다. 청년을 흔들어 깨운다.

"어이! 일어나봐! 일어나보라고!"

술에 취하고 약에 취한 청년의 뺨을 찰싹찰싹 때리는 이들은 명춘과 병삼이다.

"이거봐, 큰일 났어! 정신 좀 차려."

"……아, 머리야."

게슴츠레 눈을 뜬 청년이, 눈앞에서 벌어진 장면에 눈을 껌뻑인다. 맞은편 소파에, 웬 아가씨가 눈을 허옇게 뜨고 죽어 있는 것이 아닌가. 벌거벗은 상반신에 핏자국이 낭자하다. 찰칵! 찰칵! 기자들이 찾아와 연신 카메라 셔터를 눌러댄다.

"도대체 무슨 짓을 한 거야. 기억 안 나?"

명춘이 청년의 어깨를 흔들며 정신없이 다그친다. 그제야 사태를 파악했는지 청년은 허억! 비명을 지르며 혼비백산 뒤로 물러선다.

죽음 가까이

서울 인사동. 서 의원 사무실이 들어선 건물 앞. 서 의원과 종대가 승용차를 향해 걸어간다. 서 의원의 손에 들린 봉투에 귀한 토지문서 하나가 담겨 있다. 허삼건설 허 회장의 역삼동 부지다.

"덕재보다 낫네. 허 회장 땅은 우예 가왔노?"

종대가 지나가듯 대꾸했다.

"허 회장이 아들 하나는 끔찍하게 생각하더라고요."

아들이 마약 파티를 벌이다가 술집 호스티스가 죽고 만, 엽기적인 장면이 고스란히 찍힌 사진 몇 장은 땅부자 허 회장의 마음을 움직이기에 충분했다. 아들의 사건을 덮는 조건으로 영동 땅을 고스란히 바치기로 마음먹은 것이다. 물론 허 회장이나 그의 아들은 모든 일이 조작되었으며 죽은 여성이 멀쩡히 살아 있다는 사실을 전혀 눈치채지 못하고 있었다.

"그래, 욕봤다."

차에 올라탄 서 의원이 뭔가 조금 아쉬운 듯이 말꼬리를 흐렸다.

"근데 이래가꼬 헌금 세 장 쌔리박긋나? 요번 대선에, 억소리 나게 성의 표시를 해주야 당 복귀가 빠를긴데……."

"적은 밑천으로 크게 튀기는 게 땅 아닙니까. 최대한 맞춰보 겠습니다."

"고마 시간이 쫌 바트데이. 대끼리만 알모, 단통 승부 드갈긴데."

"대끼리요?"

그러자 땅문서를 흔들어 보인다.

"학실한 쏘쓰 말이다. 쏘쓰!"

부르릉. 서 의원의 차가 사라져가고, 승용차 후미등을 종대가 물끄러미 바라보았다. 쏘쓰……. 그때 자신에게로 가까이 다가오는 위험을, 종대는 미처 눈치채지 못하고 있었다. 오토바이

헤드라이트 불빛이 등 뒤에 바투 접근했다. 고개를 돌리는 순간, 오토바이 뒷자리에 탄 사내가 손에 든 야구 배트를 냅다 휘둘렀다.

퍽!

머리를 얻어맞은 종대는 그 자리에 맥없이 쓰러지고 말았다.

그 시각 영동, 삼성동 원주민 가옥에는 땅을 차지하기 위한 명동 조직원들의 작업이 한창이었다.

"이 양반아. 빨리 안 타?"

끌려나온 집주인들이 군용트럭 짐칸에 강제로 태워지는 중이다. 영문 모르고 집에서 쫓겨나는 이들. 아닌 밤중에 땅을 빼앗긴 사람들. 눈 뜨고 코 베이는 세상이다. 논두렁 땅은 하룻밤 새 황금으로 바뀌고 땅문서의 명의도 눈 깜짝할 새 낯선 이름으로 바뀐다. 평화롭던 영동이 욕망 가득 이글거리는 황금으로 바뀌는 공식이 바로 이러하다.

군용트럭으로부터 조금 떨어진 농가, 지프 한 대가 시동을 끈 채 멈춰서 있다. 차 안에는 용기와 민규가 세상에서 가장 은밀한 대화를 나누는 중이다.

"더 늦기 전에 영등포로 넘어가시죠? 삐끗하면 진짜 낭패 볼 수도 있습니다."

민규가 불안한 얼굴로 속삭였다.

"……그냥 있자."

"예?"

용기의 얼굴이 심각하다. 인생에서 가장 중요하고 무거운 결단의 순간.

"분위기 보니까 경표 건은 대충 묻힐 거 같아. 그런데 굳이 종대 밑으로 들어갈 이유는 없잖아. 가봐야 그 새끼 삐꾸 노릇밖에 더 하겠냐?"

"종대 잘 감아서 양기택이 쳐야죠."

"야, 그 새끼 그렇게 쉬운 놈 아니다."

"그럼…… 기택이 까내는 건 포기하실 생각입니까?"

"종대가 움직이게 만들어야지."

"……"

"걔 지금 땅에 정신 팔려있으니까, 박 의원 개발 정보를 살살 흘려주면 언젠간 달려들지 않겠냐. 우린 그때 대문만 열어주면 돼."

톡톡. 누군가 지프 조수석 창문을 두드린다. 수하의 졸개다.

"형님이 들어오시랍니다."

"알았다. ……무슨 일 있냐?"

"다른 건 모르겠고요, 영등포 쪽 한 놈을 잡아들였다고 합니다.”

“영등포?”

“종대라고 하던가?”

어둠 속, 용기의 얼굴이 딱딱하게 굳었다.

뭔가 느낌이 심상치 않더니, 일이 더럽게 꼬이는구나. 빌어먹을. 이러다가 꼬리가 잡히고 마는 건 아닐까.

용기가 양기택의 호출을 받아서 찾아간 곳은 신림동. 야산 아래 허름한 건자재 창고였다. 밤이 깊었다. 창고 안은 독한 고문이 한창이었다. 두 손이 친친 묶인 종대가 힘겹게 매달려 있다. 셔츠가 찢겨지고 피로 얼룩졌다. 와이셔츠 소매를 걷어 올린 양기택의 손에 묵직한 자전거 체인이 들려 있다. 체인을 휘둘러 종대를 사정없이 후려갈긴다. 날 선 쇳소리와 피부가 찢기는 파열음, 억눌린 비명이 창고 안에 가득하다.

“그 땅이 누구 건 줄 알고 감히 쑈킹을 쳐?”

“······.”

“강길수 어디 있어? 어디 있냐고 개새끼야!”

휙! 체인이 날카로운 소리를 내며 다시 허공을 날았다.

“윽.”

종대가 이를 악물고 신음을 삼켰다. 용기와 재필, 철승, 민규 등 수하들이 뒤에 도열해 그 모습을 지켜보고 있다. 개중의 한

162

명, 용기는 극도의 당혹스러움을 내심 숨기고 있다. 종대와 용기, 그 비밀한 관계. 만에 하나 사실이 밝혀진다면 용기 자신도 목숨을 부지하기 쉽지 않을 것이다.

종대가 두 손목을 묶은 끈에 대롱대롱 매달린 채 고통스럽게 중얼거렸다.

"씨발놈아, 서 의원한테 벌써 넘겼다. 강 사장 찾아봐야 소용없어."

"이런 개 후레새끼가."

기택이 다시 미친 듯 체인을 휘둘렀다. 온몸을 힘없이 뒤틀며 종대가 이를 악물었다.

"지독한 놈이네 이거. 야, 영등포에 전화 때려라."

양기택이 체인을 집어던졌다.

"어서 허 회장 땅문서 갖고 오라고 해! 이 새끼 죽어나는 꼴 보기 싫으면."

"예, 형님."

용기의 머릿속이 다시 복잡해진다. 강 사장과 식구들이 종대의 상태를 알게 된다면, 절대 가만히 있지 않을 것이다. 그리하여 강 사장 일파와 양기택이 만나면 어떻게 될까. 자신의 숨은 정체가 드러난다면 이 일을 어찌할 것인가.

무교동, 성희의 룸살롱. VIP룸에 금배지를 찬 사람들이 테이블에 둘러앉아 낮술을 마시고 있다. 재정위원장인 박승구 의원과 그의 사모임 '십인회' 의원들이다.

　"아무튼 이번 대선, 눈 터지는 반집 승부야."

　정 의원이 술잔을 들었다.

　"지는 게 나을 수도 있죠. 그케야 박 의원한테도 기회가 오지 않겠습니까?"

　"어허 이 사람, 그런 말 함부로 하는 게 아니야."

　박 위원장이 싫지 않은 얼굴로 화제를 바꾸었다.

　"아, 한 의원. 자네 요즘 상가 짓는다며?"

　"예. 지금 마땅한 데 찾는 중입니다."

　"언제 삼성동 절에 가서 불공 좀 드려보라고. 부처님 공덕이 있을 거야."

　"아, 예. 그러지요. 성불하십쇼 위원장님."

　한 의원이 익살스레 합장을 해 보였다.

　"아니 한 의원. 자네 크리스천 아니었어?"

　누군가 그렇게 말하자 금배지를 단 나머지 사람들이 파안대소한다. 그때 짧은 원피스를 입은 아가씨 한 명이 룸으로 들어와 박 위원장에게 귀엣말을 건넨다.

　"그래?"

박 위원장이 슬그머니 일어선다. 아가씨를 따라 룸 밖으로 나선다. 복도에 누군가 서 있다. 명동 보스 양기택이다. 박 위원장을 향해 45도로 고개를 숙인다.

"안녕하셨습니까."

"갑자기 웬일이야."

"허 회장 땅에 관해서 드릴 말씀이 있습니다."

"……."

"서 의원 짓인 거 같습니다."

"누구?"

서 의원이라는 말에 박 위원장의 미간에 주름이 잔뜩 잡혔다.

"그 자식 안 되겠군. 이 기회에 아예 눈깔을 빼야지."

"지금 작업하고 있습니다. 좀만 기다려주십쇼."

피비린내가 감도는 신림동 창고. 고요함 속에 긴장감이 가득하다. 어둑한 창고 안, 깨진 슬레이트 지붕 사이로 한낮의 햇살이 내려앉고 있다.

맹견을 가두는 철제 우리 안에 종대가 갇혀 있다. 벌거벗은 상체 여기저기에 깊은 상처가 보인다. 손발이 노끈으로 묶인 채 쪼그려 앉아 있다. 창고 한구석에는 명동 조직원 서너 명이 모여 있다. 냄비를 버너에 올리고 라면을 끓여 먹는 중이다. 창고 문이 열리고 용기가 들어섰다.

"오셨습니까?"

라면을 먹던 명동 조직원들이 일제히 고개 숙여 인사를 건넨다. 철창 가까이 다가간 용기가 짐승처럼 갇혀 있는 종대를 바라본다. 종대는 철망에 몸을 기댄 채 힘없는 눈빛으로 용기를 올려다본다. 짧은 순간 무언의 감정이 복잡하게 교차하고 있다.

"야, 라면 한 그릇 떠라."

용기의 말에 수하 한 명이 일어섰다.

"예? 아, 새로 끓이겠습니다."

"나 말고 임마."

용기가 고갯짓으로 우리를 가리켰다.

"볼 때 보더라도 새끼들아, 밥은 먹여야지."

"아 예……."

용기가 직접 우리 안에 라면 그릇을 넣어주었다. 마치 개밥을 주듯. 피투성이가 되어 쇠창살에 기대앉아 있던 종대가, 허기진 눈으로 라면 그릇을 바라보았다. 와락 엎어지더니 고개만 빼들고 라면 가닥을 한입 가득 빨아들인다. 굶주리고 상처 입은 개처럼. 그 모습을 착잡하게 바라보던 용기가 수하에게 지시했다.

"빨리 먹고 연장 챙겨. 올 시간 다 됐다."

"예 형님!"

창고 밖. 건자재 쌓인 구석에 재필과 명동파 수하 몇 명이 담배를 피우고 있다. 용기가 재필에게 다가갔다.

"애들 준비시켰습니다."

"그래."

재필이 흙바닥에 담배를 집어던졌다.

"이따가 땅문서 받으면, 저놈은 네가 작업해."

"……예."

용기가 고개를 숙였다. 그렇다. 종대의 목숨과 역삼동 땅을 맞바꾸기로 약속했지만, 토지문서를 받자마자 모두 제거해버릴 심산인 것이다. 그도 그럴 것이 앞에서 약속한 대로 움직이는 사업이란 없다. 강길수 일파 역시 땅문서를 고이 돌려줄 생각 따위는 하지 않으리라.

창고 안이 수선스럽다. 재필의 명동 조직원들이 부산하게 연장을 챙기는 중이다. 철창 밖으로 조직원들의 움직임을 살피던 종대가 입을 오물거리더니 뭔가를 뱉어낸다. 무릎 위로 툭 떨어지는 것, 피 묻은 면도날. 라면 그릇 안에 숨겨져 있던 물건이다.

"온다!"

창고 밖 저편, 싯누런 흙먼지를 일으키며 승용차 한 대가 달려온다. 용기와 재필이 서 있는 곳에 거칠게 멈춰선다. 용기의 얼굴에 미세한 긴장감이 스친다. 뒤에 서 있는 명동 조직원들도 자세를 곤추세웠다. 피 냄새를 맡은 투견들처럼.

조수석에서 누군가 내려섰다. 심각한 표정의 길수다. 불편한 다리를 끌며 재필과 용기 쪽으로 다가온다. 그 곁에 보조를 맞추어 걷는 이는 창배다.

"아이고 이게 누구십니까? 강 선배 오랜만이요?"

재필이 한 걸음 나서며 빈정거리듯 아는 체를 하고, 길수가 짧게 끊어 말했다.

"우리 애 어딨냐."

"다리가 불편하신가 봐요? 어쩌다 그렇게 되셨대?"

"횐소리하지 말고 애 빨리 데려와."

용기가 뒤에 선 부하들을 향해 고갯짓을 해보였다.

"야, 그놈 끌고 와."

"예, 형님."

조직원 두 명이 창고 쪽으로 달려가고, 재필이 기름 바른 옆머리를 쓸어 넘겼다.

"아따 급하시긴……. 땅문서는 갖고 왔죠?"

길수가 품에서 누런 종이를 꺼내 내밀었다. 위조된 땅문서다. 배신에는 배신. 약속 파기에는 약속 파기. 그것이 이 바닥의 정의다. 길수의 눈동자가 미세하게 떨리고, 용기가 불안한 눈으로 창고 쪽을 힐끔거린다.

창고 안, 조직원 한 명이 우리의 자물쇠를 풀고 있다. 그의 뒤로 또 다른 조직원이 엽총을 들고 서 있다. 철컥, 철문을 연 사내가 우리 안으로 몸을 들이밀었다.

"씨팔놈아!"

반격이 시작되었다. 손발이 묶인 시늉을 하고 있던 종대가 사내를 냅다 걷어찬 것이다. 퍽. 턱을 강타당한 사내가 우리 안에 엎어졌다. 불의의 일격에 우리 밖의 사내가 크게 당황해 엽총을 겨누었다. 탕! 엉겁결에 방아쇠를 당겨보지만 총알은 동료의 어깨를 관통하고 말았다.

"으악."

허둥지둥 사내가 재차 총을 쏘았다. 종대를 아슬아슬 스쳐간 총알이 팅! 하고 철창을 때리며 불꽃을 일으켰다. 우리 밖으로 나온 종대가 필사적으로 몸을 날렸다. 엽총 든 사내를 덮치며 바닥을 두어 바퀴 굴렀다. 성치 않은 몸이었지만 죽음 앞에 선 절실함만큼 강한 힘은 없었다. 사내를 타고 누른 종대가 두 번 세 번 주먹을 내리꽂았다.

연달아 들려오는 총소리에 창고 밖에 있던 사람들이 의아해한다. 역삼동 땅문서를 뒤적이던 재필이 고개를 쳐들었다.

"뭐야? 어서 들어가봐!"

긴장된 얼굴로 기회를 엿보던 길수가 허리춤에서 뭔가를 빼들었다. 검고 뭉뚝한 손도끼다. 그것으로 재필의 어깨를 힘차게 찍는다.

"아악!"

재필의 어깨에서 검은 선혈이 솟구쳤다. 비틀비틀 물러서는 그의 낭심을 길수가 걷어찼다. 재필의 비명이 신호가 되어, 길수의 식구들이 타고 온 차 트렁크가 덜컹 열렸다. 그 안에 숨어 있던 영등포 조직원 두 명이 힘차게 튀어나와 쇠파이프를 휘두르며 돌진한다. 돌연한 습격에 창고 밖 명동 조직원들이 당황했다. 다 죽여! 삽시간에 칼과 몽둥이와 주먹이 난무하는 전투가 벌어졌다.

창고 안에 명동 조직원 세 명이 들어섰다. 종대는 쓰러진 상대의 가슴 위에 올라타서 미친 듯 주먹질을 하는 중이었다.

"저 새끼 죽여!"

조직원들이 종대를 향해 무섭게 달려들었다. 종대가 엽총의 총신을 움켜쥐며 일어섰다. 한 명의 공격을 피하며 다른 조직원의 얼굴을 개머리판으로 부숴놓았다. 또 다른 조직원이 휘두른 야구 배트가 종대의 잔등을 강타하고 만다. 그러잖아도 기진맥진했던 종대가 휘청, 균형을 잃고 쓰러졌다. 삽을 처든 조직원이 종대의 목을 향해 삽날을 내리찍었다. 위태로운 공격이다. 종대는 몸을 굴려 삽날을 겨우 피했다.

창고 밖의 전투 역시 한창 치열하다. 길수의 손도끼가 허공을 가르고 창배의 각목이 상대방의 얼굴을 후려친다. 사생결단의 기세다. 필생즉사의 치열함이다. 닥치는 대로 부수어 넘어뜨리던 창배와 용기가 어느 길목에서 맞닥뜨렸다. 피가 튀는 상황 속에 두 사람의 눈빛이 은밀히 오고간다. 이윽고 용기가 창배에게 달려가 애매한 각도로 주먹을 뻗었다. 계산된 공격을 피한 창배가 대검으로 용기의 허벅지를 빠르게 베었다. 치명적이지는 않은 깊이다.

"아악!"

용기가 허벅지를 움켜쥐고 무릎을 꿇었다. 길수는 명동 조직원들의 공격을 아슬아슬 피하며 그들의 종아리와 옆구리를 연달아 손도끼로 찍어댔다. 숨어 있던 야수의 본능, '강도끼'의 공격 본능이 제대로 되살아나고 있다. 창배도 순식간에 명동 조직원 두 명을 쇠몽둥이로 쳐서 쓰러뜨렸다. 숫자에서 조금 밀리던 영등포 일파가 기습에 성공하며 상황을 장악하는 분위기다. 피가 흐르는 허벅지를 고통스레 움켜쥐고 상황을 살피는 용기의 얼굴에 은밀한 안도의 빛이 어렸다.

창고 밖을 접수한 길수가 창고 안으로 절뚝절뚝 뛰어 들어갔다. 종대와 명동 조직원 두 명이 힘겹게 맞서고 있다. 맞선다기보다, 마구 휘두르는 삽날과 각목을 종대가 온몸으로 막아내며 버티고 있다.

"종대야!"

냅다 달려간 길수가 명동 조직원 한 명의 뒤통수를, 또 한 명의 발목을 연속동작으로 찍었다. 으억! 두 놈이 삽시간에 창고 바닥에 쓰러져 나뒹굴었다.

"괜찮아? 종대야, 눈 좀 떠봐."

만신창이가 되어 쓰러진 종대를, 뒤따라 들어온 창배가 부축해 일으켰다.

"끝났다. 어서 돌아가자!"

쥐새끼와 녹음기

명동상사, 기택의 사무실. 용기와 재필, 서너 명의 명동 식구들이 다리와 팔에 붕대를 감은 채 고개를 숙이고 있다. 전투에 패배한 데다 인질은 빼앗기고 손에 넣었던 토지문서마저 하늘로 날아갔으니 실로 최악의 상황이었다. 양기택이 버럭 욕설을 내뱉었다.

"이 개 좆같은 새끼들아! 애들은 장신구냐? 애들이 몇인데 그 잡것들 하나 처리를 못해?"

그러고도 분이 풀리지 않아 용기를 노려본다.

"재필이 이 등신은 그렇다 치고 넌 뭐야? 이제 너도 배가 부르냐?"

"……면목 없습니다."

재필이 용기를 곁눈질하며 중얼거렸다.

"아무래도 내부에…… 간첩이 있는 거 같습니다."

"뭐 어째?"

"지난번에 경표 건도 그렇고, 이번에도 강길수네 새끼들이 어떻게 눈치채고 선제공격을 해온 건지…….."

"한심한 새끼. 너는 여기 산보 나왔냐? 그럼 쥐약을 놓든지, 이 등신새끼야."

"형님, 한번만 더 기횔 주십쇼. 땅은 반드시 찾아오겠습니다."

용기가 선수 치듯 나섰지만 기택은 여전히 못마땅한 얼굴이었다.

"굿판 벌써 끝났다. 뒷장구치지 마라."

온몸이 만신창이가 된 종대는 근교의 여인숙에서 몸을 피하기로 했다. 허름한 방 안, 종대가 온몸에 붕대를 감고 반창고를 붙인 채 누워 있다. 똑똑. 노크 소리가 들리더니 길수가 방 안에 들어서서 비닐봉투 하나를 내민다.

"우유랑 빵이랑 좀 사왔다. 우선 이거라도 먹고 기운 좀 차려."

"……."

"그리고 당분간은 여기 숨어 있어. 분위기 가라앉을 때까지. 알았지?"

종대가 퉁퉁 부은 데다 반창고까지 붙여서 더욱 거북한 입을 달싹였다.

"죄송합니다 사장님."

"……."

"애들 보낼 테니까 사장님도 딴 데 좀 가 계십쇼. 세탁소도 위험할 거 같습니다."

"그런 걱정은 하지 마라. 앞으론 네 뜻대로 할 테니까."

"예?"

"이제부터 내가 직접 식구들 맡을 거다. 그러니 넌 여기서 몸조리나 잘해."

길수는 심각하지만 종대는 내심 의아했다. 뜻밖이었다. 이 세계에 다시는 발을 들여놓지 않겠다고 그렇게도 고집을 부리던 그의 마음이 왜 갑자기 바뀐 것일까. 피의 맛일까, 아니면 돈의 맛?

명동 룸살롱, 안개. 두 남자와 두 여자가 술을 마신다. 이른 저녁부터 술에 취한 사람은 시청 도시계획과 문 과장이다. 세상 걱정이라고는 없는 그가 잔뜩 취한 채로 거침없이 독주를 들이켠다. 오늘의 파트너는 붉은색 브래지어만 걸친 아가씨이다. 그녀는 옆자리가 아니라 러닝셔츠 바람의 문 과장 무릎 위에 올라앉아 있다.

또 다른 남자는 명동 보스 양기택이다. 맞은편 테이블의 작태를 지켜보던 그가 호기롭게 껄껄 웃으며 술병을 내밀었다.

"문 과장님, 자 한잔하시죠. 꼴려서 못 보겠습니다."

양기택의 곁에는 그의 애인 소정이 앉아 있다. 술 취한 공무원과 술 취한 공무원에게 술을 권하는 조직폭력배 두목. 1970년대 강남 영동의 역사가 은밀하게 진행되고 있었다.

"아 예……. 그런데 양 전무님은 술도 잘 안 드시고. 보기보다 참 조신하시네."

"하하하, 그렇지 않습니다."

"자, 그럼 건배."

"감사합니다. 그런데 문 과장님. 저번에 그…… 그 잠실 땅은 순 모래밭이더라고요. 조금 걱정이 되는데."

문 과장은 무릎에 앉은 아가씨의 맨살을 거침없이 쓰다듬고 주무른다.

175

"그냥 사두세요. 모래밭이 금밭 되는 거 아닙니까."

"하긴, 펜대 하나로 산을 옮기시는 분이니까. 믿고 있겠습니다 저는."

"산도 산이지만, 가끔은 계곡도 옮깁니다."

문 과장의 손이 허벅지 사이로 들어가자 무릎에 앉아 있던 그녀는 손을 밀치며 까르르 웃었다. 따라 웃던 기택이 고개를 돌려 문밖에 대고 소리쳤다.

"백 부장, 들어와라."

문이 열리고 용기가 서류가방을 들고 들어선다. 문 과장 옆에 가방을 놓고는 허리를 깊이 숙이고 물러선다. 잔뜩 혀가 꼬인 문 과장이 물었다.

"뭡니까 이거?"

"별건 아닙니다. 말죽거리 자주 가시느라 힘드실 텐데 애마나 한 대 뽑으시라고."

"에에, 뭘 이런 걸 다."

복도 맞은편의 구석진 룸. 용기가 혼자 앉아 있다. 생각에 잠긴 얼굴이다. 잠시 후, 조용히 문을 열고 누군가 들어섰다. 방금 전 까지도 양기택 옆에 앉아 있던 소정이다. 왠지 불안한 기색이다.

"양 전무는?"

"지금 갔어."

핸드백에서 작은 녹음기를 꺼내 내려놓는다. 방금 전 룸에서 오고 간 대화 내용이 고스란히 담겨 있을 터였다.

"이제 이딴 일 시키지 마."

"잠깐만."

뽀로퉁한 얼굴로 일어서려는 소정을, 용기가 급히 끌어안더니 격한 키스를 퍼부었다. 소정은 입술을 삐죽 내밀며 용기를 밀쳐내려 하지만 쉽지 않았다.

"아이, 왜 이래. 놔."

"……그만 나와라."

"뭐?"

"기택이 집에서 나오라고. 안 그러면 양기택이 나한테 죽어."

"기가 막혀라. 이제 와서?"

미운 눈으로 용기를 쳐다보던 소정이 휑하니 돌아섰다.

"몸은 좀 어떠냐."

"멀쩡해. 녹음은 해왔어?"

용기가 녹음기를 챙겨서 향한 곳은 종대가 숨어 있는 여인숙이었다.

"여기."

"들어보자."

소형 카세트녹음기를 재생시켰다. 취기 가득한 문 과장의 목소리가 드문드문 이어지고 있다.

"……늦어도 대선 전엔 발표할…… 최대한 보안을……."

녹음된 내용을 되풀이해서 듣는 종대의 표정이 좋지 않다. 정지 버튼을 누른 후 길게 한숨을 뱉어낸다.

"박 의원 건은 손 떼자. 진짜 높은 데랑 엮여 있는 거 같아."

"위험한 게 배당은 세잖아."

"맨손으로 총 찬 놈들 상대할 수 있냐? 더 좆되기 전에 그냥 나와."

"……."

용기는 말이 없다. 누가 말린다고 해도, 그 만류가 옳다고 판단되어도, 절대 멈출 수 없는 일이 있다. 그것이 세상 모든 야망의 숙명이다.

복도를 다급하게 달려오는 발소리가 들리더니 잠시 후 벌컥, 노크도 없이 방문이 열렸다. 병삼이 숨을 헐떡이고 있다.

"형님! 큰일 났습니다."

"무슨 일인데 그래."

"형사들이 창배 형님이랑 식구들 다 잡아갔어요!"

"뭐?"

"아무래도 서 의원 일 때문인 거 같습니다."

"사장님은?"

"……형님 대신 자수하셨습니다. 형님도 어서 피하십쇼!"

벌떡 일어선 종대가 어깨를 들썩이며 씨근덕씨근덕 숨을 내쉬었다. 그러다 뭔가 결심한 듯 방을 나서 복도를 달리기 시작했다. 그러나 멀리는 가지 못했다. 용기가 뒤따라와서 앞을 가로막은 것이다.

"야 임마, 너 왜 이래?"

"비켜봐."

"뭐 할라고 새끼야!"

"서에 가봐야지. 일단 비켜."

"이런 미친새끼!"

용기가 바람처럼 주먹을 날렸다. 뜻밖의 일격에 와당탕 종대가 나가떨어졌다. 용기의 악 받친 고함이 여인숙 복도에 쩌렁쩌렁 이어졌다.

"야 이 새끼야! 경철서 가서 뭐 어쩔라고. 대신 잡혀 들어가려고!"

"……아, 씨발."

"정신 차려 이 새끼야! 내가 누구 때문에 칼까지 처맞으면서 이 고생인데 씨발놈아!"

PART 5
추락

꽃잎 저물다

오후 4시 10분, 영등포경찰서. 길수와 창배, 명춘 등 영등포
조직원 열댓 명이 상의를 탈의한 채 서 있다. 자신의 이름과 나
이를 쓴 종이를 든 채 카메라에 찍히는 중이다.

찰칵! 찰칵! 범인 식별용 얼굴 사진, 일명 머그샷(mugshot)을 촬
영하고 있는 것이다.

"뒤로 돌아!"

경찰관의 지시에 조직원들이 일제히 돌아선다. 길수가 고개
를 숙이고 있다.

"대가리 안 쳐들어? 야, 강길수!"

사진 촬영을 지휘하던 경찰이 다가오더니 다짜고짜 길수의

뺨을 후려쳤다. 짝! 길수의 뺨이 금세 손자국으로 벌게졌다. 나란히 선 조직원들이 혀라도 깨문 것 같은 표정으로 그 모습을 힐끔거렸다.

"창피한 줄 알아 새끼야. 낫살은 처먹어가지고 선량한 농사꾼들 등이나 치고."

형사가 삿대질을 하며 재차 호통쳤다.

"다른 새끼들도 다 마찬가지야! 쓰레기 새끼들."

정재계 고위층 인사들
부동산 비리, 특혜분양 등으로 전격구속!

여인숙 방에 앉은 종대가 연신 한숨을 쉬며 신문을 뒤적였다. 신문 1면에 커다랗게 뽑은 제목 아래 서태곤 의원을 비롯한 장관, 기업회장, 군 장성 등 정재계 인사의 사진들이 크게 실렸다. 사회면에는 이 사건에 폭력조직이 결탁했다는 내용까지 덧붙여졌는데, 거기에는 강길수의 사진도 작게 실려 있었다. '영등포 보스 강길수'라는 이름과 함께. 쓰린 자책감이 종대의 가슴을 후벼놓았다. 나 때문이야. 모두 내 탓이야. 얌전히 살아가는 사람을 공연히 불러서 흔들어놓다니.

똑똑. 노크 소리가 들렸다.

"누구세요."

대꾸가 없다. 종대가 일어나 객실 문을 빼꼼 열었다. 뜻밖에도 선혜가 거기 서 있었다.

"어, 선혜야?"

고개를 푹 숙인 선혜를, 종대가 놀란 눈으로 바라보았다. 얼굴 여기저기에 벌건 피멍이 들어 있다.

"뭐야? 너 왜 그래?"

"……오빠."

양손으로 얼굴을 감싼 선혜가 보이지 않게 어깨를 들썩였다.

"부부싸움이라도 했니? 박 서방이 그런 거야? 들어와. 일단 들어와."

방에 들어선 선혜가 무너지듯 주저앉았다. 설움 겨운 울음을 쏟아내기 시작한다. 종대로서는 그저 안아주고 어깨를 토닥일 수밖에 없었다.

"노상 술에 취하면 주먹질에…… 나 때문에 집안 망신이라고…… 창피해서 살 수가 없다고…… 덕분에 사업도 폭삭 망했으니 돈이라도 좀 가져오라고…… 깡패한테 뜯긴 돈 깡패한테 가져오라고……."

속이 미어진다. 선혜의 울음 섞인 넋두리에 분노가 이내 슬픔으로 바뀌었다. 뜨거운 눈물이 속을 적셨다. 너만은 잘 살기를 바랐는데. 내 손에는 피 묻히고 살아도 너만은 시집가서 행복하기만을 빌었는데. 그래서 웃으며 보내줄 수 있었는데.

"아빠는 어떻게 됐어 오빠? 우리 아빠…… 괜찮은 거야? 아빠가 이 꼴을 보시면……."

이를 악물었다. 그러지 않았다가는 덩달아 눈물이 나올 것만 같았다.

"미안하다. 다 내 잘못이야. 사장님도 너도, 괜히 나 때문에 이렇게."

종대는 선혜를 굳게 안았던 팔을 풀고, 그 눈물 젖은 얼굴을 바라보았다. 멍 자국과 눈물로 엉망이 된 뺨. 거기 입을 맞추고 싶었다. 하지만 그럴 수 없었다.

"정민이는 내가 한번 만나볼게. 만나서 이야기 잘해놓을 테니까 걱정 마."

"아빠는……."

"조금만 기다려. 내가 무슨 짓을 해서라도 곧 나오시게 할 거야. 내 말 믿어."

다음 날, 종로1가의 다방에서 선혜의 남편 정민과 종대가 마주앉았다. 정민은 자기 잘못을 모르는 듯 태연한 얼굴이었다. 그게 속을 더 뒤집어놓았다.

"깡패 집안인 거 속여서 결혼했으면 남편 말이나 고분고분 따르든가, 회사가 어려워졌으니 자금 좀 구해보라고 한 게 그렇게 잘못입니까? 정말 참다 참다 못해서 한 대 때렸습니다."

"우린 속인 거 없어. 아버진 세탁소하시는 거 맞고, 선혜는 회사 다녔잖아. 깡패는 나 하나라고."

열 길 물속은 알아도 한 길 사람 속은 모른다더니, 그 번듯해 보이던 사내가 이렇게나 형편없는 쓰레기였다니. 종대가 애써 분을 삭이며 말을 이었다.

"나 때문에 뭔가 오해가 있는 모양인데, 내가 사과할게. 마음 좀 풀어."

테이블에 두툼한 돈 봉투를 내려놓았다. 정민이 돈 봉투를 힐끔 내려다보았다.

"뭡니까 이게?"

"사업에 보태 써. 부담 갖지 말고."

"허 참, 내가 꼭 돈 땜에 이러는 거 같잖아요. 그런 거 아닌데."

종대가 차분히, 그러나 날카롭게 한마디 했다.

"매제. 우리 선혜, 나한텐 귀한 동생이야. 함부로 대하지 마."

"……."

"알았나?"

부동산 비리 등으로 조사를 받은 서 의원은 불과 몇 주 뒤, 소리 소문 없이 풀려났다. 이제 종대와 식구들이 바빠질 차례였다. 잡혀 들어간 길수와 나머지 식구들을 자유의 몸으로 만들려면, 서 의원을 통하는 방법밖에 없었다. 그러기 위해서는, 합당한 대가가 앞서야 했다.

그 첫 번째 표적은 박승구 재정위원장이었다.

용기가 금요일 오후, 서울 평창동의 저택으로 박 위원장을 방문했다. 정성껏 가꾸어진 정원. 연못 위에 장난감 배 하나가 일렁일렁 물살을 타고 흐른다. 어린아이 한 명이 연못에 배를 띄우며 놀고 있다. 저만치 잔디밭 테이블에 앉은 박 위원장과 용기가 그 모습을 물끄러미 바라보았다.

"토지 계약서에는 실제 금액보다 십 프로씩 올려서 적었습니다."

용기가 통장을 내밀었다.

"차액은 여기 들었습니다."

"그래 수고했어."

박 위원장이 연못가에서 놀고 있는 아이를 가리켰다.

"선릉대로변은 저놈 명의로 해놔. 거기가 올림픽 예정부지까지 뚫려 있더라고."

"아 예. 전망은 좋을 거 같습니다."

"저 막내놈 다 클 때쯤, 올림픽 한번 열렸으면 좋겠군그래."

"올림픽이요?"

"그래. 대한민국도 이제는 세계 속으로 더 나아가야지. 안 그래?"

박 위원장의 눈가에 잔잔한 감회와 집요한 열망의 기운이 가득 어려 있었다.

작전의 두 번째 표적은 시청 도시계획과 문 과장이었다.

무교동 술집 골목, 밤 9시 40분. 오늘도 거나하게 취한 그가 상가 옆 좁은 도로를 비틀비틀 걷고 있다. 그의 뒤로, 헤드라이트를 켠 승용차가 서행하며 다가왔다. 점차 가까워지는가 싶더니 범퍼로 문 과장의 허벅지를 툭 치며 멈춰선다. 어이쿠. 그 힘에 밀려 문 과장이 쓰러지고, 운전석에서 뛰어내린 운전수가 황급히 달려온다. 제비 춘호다.

"아이고, 괜찮으십니까? 죄송합니다."

쓰러진 문 과장을 부축해 일으키며 거듭 허리를 꺾어 사과한다. 그런대로 봐줄 만한 연기였다.

"에이 씨, 뭐야?"

문 과장이 아픈 허벅지를 만지며 얼굴을 찡그렸다. 그때 뒷좌석에서 정장을 한 여인이 나왔다. 머리를 길게 기른, 대단한 미인이다.

"죄송합니다. 괜찮으세요?"

허삼건설 허 회장의 아들과 룸살롱에서 마약 파티를 벌이다
가 시신으로 발견된, 바로 그 아가씨였다. 춘호가 옆에서 익숙하
게 바람을 잡았다.

"사모님, 여긴 제가 알아서 할 테니 먼저 가세요. 약속 시간 늦
겠습니다."

"아니 홍 기사, 사람이 다쳤는데 지금 약속이 문제예요?"

'사모님'이라 불린 여자가 짐짓 속상한 얼굴로 교양 있게 다
그친다.

"그쪽에 연락하세요. 오늘 못 간다고."

문 과장이 얼빠진 얼굴로 사모님을 바라본다. 허벅지 아픈 것
도 순간 잊고 말았다. 여인의 미모에 홀딱 넘어가고 만 것이다.

문 과장과 '젊은 사모님'의 위태로운 관계는 급속도로 뜨거워
졌다. 거리낌 없는 마력을 가진 여자였다. 끈적끈적한 흡인력을
가진 여자였다. 뱀의 달콤한 독 기운에 조금씩 마비되어 죽어가
는 사냥꾼처럼, 문 과장은 그 깊은 구렁텅이에서 벗어날 수 없었
다. 아니, 벗어나고 싶지 않았다. 밤늦은 남산 드라이브길, 차 안
에서의 데이트. 충무로 뒷골목의 뜨거운 키스. 그 장면 하나하나

가 멀리서 사진으로 찍히는 줄도 모르고, 문 과장은 사모님의 마력에 흠뻑 빠져들었다.

"아, 아아……."

늦은 밤, 충무로의 어느 호텔 객실. 벌거벗은 남자의 몸 위에서 벌거벗은 여자의 몸이 반복적으로 움직인다. 육감적인 엉덩이 곡선이 씰룩일 때마다 침대 위의 신음은 끊어질 듯 애타게 이어진다. 문 과장과 젊은 사모님이다. 탁자 위에는 술병과 함께 하얀 분말이 흩어져 있다. 술과 마약과 섹스가 질탕하게 어우러진 밤.

침대에 누운 문 과장의 호흡이 헐떡헐떡 넘어가고 있다. 술에 취하고 약에 취하고 욕정에 취한 그의 동공이 흐리게 풀려 있다. 사모님의 관능적인 움직임에 한껏 고조된 그가 꿈꾸듯 웅얼거렸다.

"난다…… 날아……."

사모님은 허리를 숙여 풍만한 젖가슴을 문 과장의 뺨에 가져가며 촉촉하게 속삭였다.

"같이 날아요. 과장님……."

아침이 밝았다.

간밤의 열락은 꿈속의 꿈처럼 훨훨 사라지고, 창가로 들어오는 햇빛이 더없이 명징하다. 카펫에는 옷가지들이 어지럽게 흩어져 있고, 침대 위에는 문 과장이 곯아떨어져 있다. 엎드려 잠든 그의 옆에 생머리를 길게 기른 여인이 등을 보인 채 나란히 누워 있다.

누군가 문 과장의 등을 툭툭 친다.

"일어나."

끄응. 문 과장이 부스스 눈을 뜬다. 방 안에 서 있는 두 사내를 보고 뒤집어질 듯 놀란다.

"이런 개새끼가. 야, 찍어!"

종대의 지시에 병삼이 벌거벗은 문 과장과 여자를 향해 연신 카메라 셔터를 누른다.

"뭐, 뭐요? 당신들 뭐야?"

숨 막히게 놀란 문 과장이 시트를 끌어당겨 알몸을 가렸다. 난리 속에 옆자리 여자가 부스스 잠에서 깬다. 어머나! 뜻밖의 상황에 화들짝 놀라더니 급히 알몸을 일으킨다. 그런데 여자가 아니라 남자다. 긴 가발을 쓴 제비, 춘호다. 춘호의 알몸을 본 문 과장이 그 와중에 혀라도 씹은 듯 미간을 찌푸린다.

"으엑! 너, 너, 너 누구야?"

응접실에 끌려나온 문 과장의 얼굴은 완전히 흙빛이 되었다.

테이블에 놓인 하얀 분말봉지는 물론 충무로 뒷골목에서 한데 엉킨 모습 등 각종 밀회장면이 담긴 사진들 때문이다.

"이거 완전 호로 잡놈의 새끼들이구만!"

종대가 사진을 뒤적이며 황당한 표정을 지었다.

"남의 집 사모님도 모자라 기사까지 따?"

문 과장이 울먹였다.

"사모님이랑 그런 건 정말 죄송합니다. 하지만 남자는 정말 모르는 일입니다. 저 그런 취향 아니거든요."

"장난하나……. 약은 네가 처먹었는데, 헛것은 내가 본 거야?"

종대가 병삼에게 카메라를 넘기는 시늉을 했다.

"야, 일단 서에 신고하고, 사진은 이 새끼 마누라하고 시청에 쫙 돌려."

기겁한 문 과장이 병삼을 향해 몸을 날리다가 풀썩 엎어졌다. 겁먹은 강아지처럼 허벅지를 달달 떨어댄다.

"아이고 선생님들 왜, 왜 이러세요!"

설계자들

일단의 작업이 성공적으로 끝났다. 이른 저녁시간, 무교동 성희의 룸살롱에서 종대가 서 의원을 만나고 있다. 줄 것은 주고, 받을 것은 받기 위해서다.

"자, 이거……."

종대가 커다란 종이 한 장을 테이블에 펼쳐보였다. 강남 지적도. 그 위에 문 과장이 펜으로 거칠게 표시한 자국들이 남아 있다. '남서울 개발예정구역'을 알리는 표식이다.

"추저븐 쉐끼들, 지들끼리 패를 까놓고 화투치고 있었구마."

받을 것을 받은 서 의원이 해죽거리며 웃었지만 종대는 웃지 않았다.

"사장님하고 저희 식구들…… 언제쯤 나올 수 있을까요?"

"니가 대끼리 잡아왔는데 내도 약속 지키야지. 퍼뜩 조치하구마."

"감사합니다."

"그란데 씨바껏, 추징금 내고 나니까 총알이 없다. 민 사장, 어데가 좋겠노?"

소파에 앉아 조신하게 과일을 깎던 성희가 지적도를 신중하게 넘겨보았다.

"이쪽…… 양재천변에 도곡동 땅 있죠? 여기 먼저 사세요."

"거긴 와?"

"아는 풍수가가 그러는데, 그 땅에 백두산 정기가 모인대요.

그래서 여기에 오두막을 지어도 나중엔 알함브라 팰리스로 바뀐답니다."

"뭐카노, 아람부랄?"

"판잣집이 궁전이 될 만큼 명당이라는 거죠."

서 의원의 눈알이 노랗게 번들거렸다.

"맞나. 카모 탈탈 털어가, 요 상공부 주변이랑 해가마 쌔리박자."

"그런데, 노른자위 땅들은 명동에서 이미 작업 중입니다. 저희가 그 땅들 빼내면 박 의원이 가만히 있겠습니까?"

종대의 질문에 서 의원이 팔짱을 꼈다.

"지금 나라가 온통 촛불인데, 바람부터 막아야 안 되것나. 자금만 맹글모 뒤탈은 없다."

다음 날 오후. 대치동 시골 마을이 한눈에 내려다보이는 언덕 위에 설계자들이 한데 모였다. 종대, 용기 그리고 성희. 그녀의 손에 남시울 개발예정구역이 마킹된 지적도가 들려 있다.

"저쪽 대치동 쪽박산, 우선 저기 좀 사줘요."

종대가 가리킨 야산과 지적도의 위치를 대조해보던 성희가 고개를 갸웃했다.

"저긴 녹지 아냐. 좋은 델 다 놔두고 녹지를 왜 사?"

"나중에 아파트 단지로 바뀔 거예요."

"정말? 그걸 어떻게…….."

"설계 조금 틀었어요. 녹지로 해놓으면 건드리는 놈이 없을 테니까."

"아하, 서 의원한테까지 반지 돌리셨군그래?"

성희가 종대에게만 보이도록 빙긋 미소했다.

"어차피 윗놈들끼리 돌려먹을 땅이잖아요. 우리 몫으로 조금씩 빼낼 거니까 관리 좀 잘해줘요."

"알았어."

담배를 피워 문 용기가 나지막이 웅얼거렸다.

"야, 근데 기택이 문제는 어떡할 거냐? 알짜배기 땅은 그 새끼가 다 작업했는데."

"글쎄, 그게 문제이긴 한데…….."

"명당자리 빼오려면, 한번은 부딪쳐야 되지 않겠어?"

종대가 고개를 끄덕였다.

"……그래. 식구들 나오는 대로 먼저 들어가자."

수요일 아침, 영등포 교도소. 막 출소한 길수와 창배, 명춘, 열댓 명의 간부와 식구들이 교도소 철문 밖으로 나섰다. 흐린 날이었다.

"사장님, 나오셨습니까."

"고생 많으셨습니다."

기다리고 있던 종대와 병삼 등 식구 서넛이 길수에게 꾸벅 허리 굽혀 인사했다. 선혜가 반가움과 설움 가득한 얼굴로 길수에게 다가간다.

"아빠……."

"뭐하러 나왔어."

길수는 담담하게 선혜의 어깨를 두드려주었다. 뒤에 선 종대가 차마 그 곁에 다가서지 못하고 가만히 두 사람을 바라보았다.

바로 그 시각, ××군 야산의 저수지에는 끔찍한 사건의 실체가 말 그대로 '수면 위로' 드러나는 중이었다. 텅텅텅텅……. 대형 양수기가 저수지 밖으로 거센 물줄기를 내뿜으며 돌아가고, 수위가 낮아진 수면 위로 수상한 물체 하나가 떠올랐다. 광목천에 꽁꽁 싸인, 사람 몸 크기의 무엇. 농부들이 긴 갈고리로 그것을 끄집어내려고 애썼다.

"헉 이게 뭐야!"

마침내 물가에 와 닿은 물체의 정체를 확인한 농부들이 화들짝 놀라 주저앉았다. 퉁퉁 불은 시신이었다.

그날 오후, 저수지에 떠오른 시신의 정체가 명동 조직원 경표라는 사실이 미처 밝혀지기도 전, 명동상사 전 조직원들은 최악의 상황을 맞이하고 말았다. 뒤통수. 그야말로 세차게 뒤통수를 맞고 만 것이다. 손아귀에 넣은 줄 알았던 영동 땅 대부분의 명의가 다른 곳으로 빼돌려진 것이다. 황당한 노릇이었다. 분노한 조직원들이 땅문서에 적긴 주소지로 득달같이 찾아들었다. 명의만 빌려주었던 바지 땅 주인을 찾아내서는 공사장 지하실로 끌고 갔다.

"어디에 넘겼어? 명의 누구한테 넘겼냐고 개새끼야!"

두드려 패고, 목을 조르고, 물에 빠트리고, 수건 덮은 얼굴에 시뻘건 짬뽕 국물을 들이부으며 바지 주인을 다그쳤다. 그러나 성과는 없었다. 때는 이미 늦은 상태였다.

"어푸푸! 모릅니다……. 정말 모르는 일이라고요……. 살려주세요."

민규의 모진 고문에 바지 땅 주인이 숨넘어갈 듯 괴로워하며 고개만 내저었다. 창고 한쪽에 명동상사의 기택과 용기, 재필, 철승 등이 모여 서 있다. 나라 잃은 듯 심각한 얼굴들이다.

"문 과장이 준 지번들, 강길수 쪽에서 선점한 게 확실합니다."

재필에 이어 철승이 투덜거렸다.

"계약자들 염색 치는 것도 그놈들이에요. 명의를 몇 바퀴씩 돌려놔가지고 애 좀 먹었습니다."

용기가 모른 척, 지나가듯 물었다.

"하지만 강길수……놈 빵에 들어가 있잖아요. 아닌가?"

"종대란 새끼가 움직이는 거 같아. 길수도 얼마 전에 나왔단다."

기택이 빠드득 이를 갈았다.

"씨발 것, 정보가 어디서 새는 거야?"

"형님, 박 의원이 눈치채기 전에 영등포를 아주 끝장 보시죠?"

재필의 부추김에 잠깐 고민하던 기택이 결단을 내린 듯 고개를 끄덕였다.

"그래야겠다. 애들 전부 대기시켜!"

시시각각 치명적인 위험이 다가오고 있음을, 영등포 식구들은 아직 모르고 있었다.

저녁 8시, 영등포 나이트클럽의 큰 홀에 식구들이 모두 모였다. 길수 등 출소한 식구들을 환영하는 술자리였다. 열댓 명의 영등포 간부들이 긴 테이블 양쪽에 도열해 앉았다.

테이블 맨 윗자리에 앉은 길수에게, 종대가 면구한 얼굴로 일어나 술을 따랐다.

"고생 많으셨죠. 죄송합니다."

"……."

길수가 말없이 술을 받았다. 그러고 보니 여태 한마디도 하지 않고 있는 그였다. 종대가 좌중을 향해 술잔을 쳐들었다.

"너희도 고생 많았다. 다 같이 한잔하자. 건배!"

"건배!"

일동이 잔을 들어 각자 술을 털어넣었다. 그런데 분위기가 썩 좋지만은 않다. 술자리에 묘한 기운이 맴돌고 있다. 과연 그로부터 얼마 지나지 않아 곪았던 감정이 터지고 말았다. 중간쯤 앉아 있던 조직원 하나가 참았던 불만을 터뜨리고 나선 것이다.

"어이 종대 형."

원래부터 영등포 조직에 속해 있었던, 요번에 철창 신세를 진 간부 가운데 한 명이었다.

"얼굴 좋아 보이십니다. 우리 빵이 칠 때, 밖에서 살만하셨나 봐요?"

"……뭐?"

종대가 꿀꺽, 마른침을 삼켰다.

"하긴 마른자리만 찾는 분이니까, 몸도 불편한 큰형님이 대신 들어가도 크게 신경 쓸 일 없으셨겠지요."

"야 야, 그만해라."

당황한 창배가 종대의 안색을 살피며 만류의 손짓을 해 보였다. 그러나 사내의 도발은 계속되었다.

"식구는 가슴으로 가는 거 아닙니까. 예?"

"……"

"맘을 안 보여주는데 믿고 따를 수 있냐, 이 말입니다. 내 말 틀렸……"

"이런 개새끼가!"

종대가 더는 못 참고 사내에게 맥주병을 집어던졌다. 정확하게 그의 얼굴에 맞은 술병이 둔탁한 소리를 내며 박살 났다.

"지금 뭣들 하는 거야!"

길수가 버럭 소리쳤다. 홀 안에 정적이 내려앉는다. 길수가 테이블을 짚고 천천히 일어섰다.

"너희, 지금부터 내 말 잘 들어라."

좌중을 천천히 한 바퀴 둘러본다.

"그동안 고생들 많았다. 명색이 강길수 식구인데, 내가 그동안 이름만 내걸고 직접 챙겨주지 못해서 정말 면목이 없다. ……빵에서 대충 얘기 들은 사람도 있겠지만, 오늘부로 강길수 식구는 해산하기로 했다."

폭탄선언에 놀란 종대가 길수를 바라보았다. 테이블 위가 나직이 술렁거린다. 이에 아랑곳하지 않고 길수가 말을 이었다.

"업장은 수원 선배한테 넘기기로 했다. 원하는 놈들은 그리로 가도 좋아. 이상이다."

술자리가 어수선하게 마무리되었다. 조직원들 모두가 뿔뿔이 흩어지고, 나이트클럽의 작은 룸 안에 길수와 종대, 두 사람만이 마주앉았다. 종대의 머릿속이 터질 것만 같다. 그간 죄송스러웠던 마음도 잠시, 끓어오르는 화를 참을 수가 없다.

"지금 뭐하시는 겁니까. 왜 애들을 내보내세요?"

종대는 끓어오르는 감정을 겨우 억누르고 물었다. 길수는 모든 것을 내려놓은 듯한 얼굴이다.

"나 돌아오는 거 원했던 건 너 아니냐. 두목이 조직 파하겠다는데 뭐가 문제야?"

"사장님, 이런다고 달라지는 거 없습니다. 이번에 서 의원 일만 끝내면 다 그만둘 테니까, 한번만 넘어가주십쇼."

"그래서, 기택이까지 치겠다는 거냐?"

"……필요하다면 해야죠."

종대의 비장한 표정을, 길수가 빤히 바라보았다.

"그럼 너도 죽어. 니가 서태곤이랑 뭔 쇼부를 쳐서 나랑 애들을 빼냈는지 모르겠지만, 거래 끝나면 너도 장덕재 꼴 나는 거야. 몰라?"

"……"

"김종대! 그 일에서 손 떼라. 안 그러면 나랑 진짜 끝이다."

종대가 이를 악물었다. 천천히 숨을 들이마신다.

"지금 포기해도 죽는 건 마찬가집니다."

"이 녀석이……."

"더 이상 사장님 식구 안 해도 좋습니다. 그러니까 이제, 저 그냥 내버려두십쇼. 예?"

이중간첩

바람 부는 대치동 언덕 위, 종대가 다시 찾아왔다. 멀리 원주민들의 가옥들이 평화롭게 내려다보이는 곳. 잡초 우거진 비탈에 걸터앉은 종대가 담배를 태우며 드넓게 펼쳐진 야지를 바라보고 있다. 10년, 늦어도 20년 후, 이곳 지형들은 어떻게 변해 있을까.

멀리서 차 한 대가 빠르게 달려오고 있다. 용기의 검은 지프다. 끼익. 급정차한 차에서 용기가 뛰어내렸다.

"종대야 큰일 났다!"

"무슨 일인데."

"기택이가 땅 빼돌리는 거 알아냈다. 곧 들어올 거야!"

"……뭐?"

"지금 바로 애들 모을 테니까, 너도 빨리 준비해. 알았지?"

종대가 손가락 끝으로 담배를 튕겨냈다.

"……사장님이 애들 다 내보냈어."

"뭐라고?"

"다시 모으려면 시간 좀 걸릴 거야. 형이 최대한 끌어봐."

"뭔 좆같은 소리야? 강길수 그 새끼가 뭔데 애들을 내보내? 황당한 새끼네?"

종대가 오토바이에 올라타 시동을 걸었다.

"사장님 얘긴 하지 마. 나 간다. 어떻게든 준비해볼게."

부르릉. 언덕길 너머로 빠르게 사라지는 종대의 오토바이를 용기가 멍히 바라보았다. 애들을 다 내보내다니, 그게 무슨 소리야. 맨손으로 싸우자는 건가? 빌어먹을! 발끝에 밟히는 자갈을 세차게 걷어찼다. 도대체 이게 무슨 꼴이야. 왜 내가 영등포 녀석들을 걱정해주고 있어야 하지? 하여간 꼬여도 더럽게 꼬였어.

서둘러 지프에 올라타고 액셀러레이터를 바닥까지 밟았다. 늦지 않게 명동상사 식구들이 있는 공사장 빈터로 돌아가야 한다. 마음이 급했다. 뭔가 잘못되어가고 있는 불길함. 세상에 이 중간첩만큼 위태로운 자리가 또 없을 것이다. 빌어먹을.

한낮이지만 공사장 지하실은 어둑하고 또 살풍경하다.

마음 바쁘게 지하 창고에 들어서던 용기가, 일순 그 자리에 얼어붙고 말았다. 불길한 예감이 현실로 눈앞에 펼쳐지고 있다. 바지 땅 주인이 고문을 받던 그 자리에, 지금 누군가 결박되어 있다. 명동 조직원이자 용기의 비밀을 알고 있는 유일한 인물, 민규였다. 민규가 피투성이가 된 채 신음하고 있다.

"어이, 용기야."

소름 끼치는 목소리에 뒤를 돌아보았다. 어스름 속에서 재필, 철승과 수하들 몇몇이 다가왔다.

"백용기, 경표가 용궁 갔다 왔드라? 팅팅 불어가지고."

"……예?"

"저수지에서 발견됐더라. 그런데 거기가 하필…… 네가 윤 사장 본 데더라고. 좀 이상하지 않냐?"

"뭐, 뭐가요."

"뭐가요?"

재필의 거센 발길질에 용기가 벌러덩 나동그라졌다. 조져버려! 몽둥이질과 발길질이 사정없이 이어졌다. 용기가 최대한 몸을 웅크리고 거센 매질을 받아냈다. 그 외에는 저항할 방법이 없었다.

얼마나 지났을까. 기절했던 용기가 겨우 정신을 차렸다. 온몸이 결박당한 상태. 고개를 쳐들었다. 몸 여기저기 시큰한 통증에 절로 미간이 찌푸려졌다. 재필과 철승 옆에 양기택이 서 있다. 심각한 얼굴이다. 어떤 생각을 하고 있을까. 용기가 절박하게 울먹였다.

"형님. 억울합니다. 제가 그런 거 아닙니다. 제가 왜 식구한테 칼을 꽂겠습니까?"

"그럼 윤 사장 죽인 데서 왜 경표가 나온 거야? 설명해봐."

"그건…… 모르겠습니다. 영등포 끌려갔을 때…… 윤 사장 작업한 데를 말한 거 같기도 하고."

"그러니까 뭐야, 그놈들이 당한 대로 갚아줬다?"

담뱃불을 붙이는 기택은 자못 혼란스러운 얼굴이다. 그간 용기를 가장 총애하던 그였다.

"……니가 쥐새끼냐? 괜찮으니까 나한테 털어놔봐."

"억울합니다. 제가 쥐새끼라서 그동안 온갖 구정물 다 묻히고 다녔습니까? 형님, 믿어주십쇼!"

"나는 너 믿어. 재필이 철승이 쟤네들이 문제지."

기택의 눈이 비열하게 이글거렸다.

"그러니 저놈들도 믿게끔 만들어봐. 네가 강길수 끄나풀이 아니라는 거."

용기가 눈을 감았다.

끝이구나. 갈 데까지 간 상황이구나.

내가 살려면 누구라도 죽여야 하는 상황.

돌아오지 못할 강

영등포 나이트클럽에 모인 식구들의 얼굴에도 초조한 절망감이 가득했다. 모인 식구라고 해봐야 종대와 창배, 명춘 등 대여섯 명에 불과했고, 바로 그것이 그들의 얼굴을 어둡게 만들었다. 이 숫자로 명동 일파들을 상대한다? 어림도 없는 소리였다. 종대가 명춘에게 물었다.

"애들 어떻게 됐어? 연락됐냐?"

"예. 근데 보승이, 길로 쪽은 연락이 안 닿는데요."

"야 이 자식아, 그럼 직접 나가서 찾아봐야 될 거 아냐!"

"예, 형님"

명춘과 식구들이 황급히 홀을 빠져나가고, 종대가 창배를 바라보았다.

"아, 사장님은?"

"세탁소에 계셔."

"아직도? 말씀 안 드렸어?"

"상황 다 얘기했는데 아무 말씀 없더라고."

"이런 씨발. 고집 피우다가 죽고 싶으신 거야 뭐야."

한숨을 내쉬며 이리저리 걸음을 옮기던 종대가 결심한 듯 중얼거렸다.

"안 되겠다. 나라도 가서 모셔와야지."

그때 병삼이 다가왔다.

"형님, 전화 한번 받아보시죠."

"어디야?"

"병원이랍니다."

"병원?"

"선혜 아가씨가 다친 것 같다고……."

"뭐야?"

그 시각, 길수는 세탁소에 있는 게 아니었다. 겁 없이 호랑이 굴에 제 발로 찾아든 상황. 바로 명동상사, 기택의 사무실이었다. 그러나 호랑이를 잡기 위해서는 아니었다. 호랑이에게 목숨을 구걸하기 위해서였다.

"진즉에 찾아뵜었어야 되는데…… 죄송합니다."

길수는 굳은 얼굴로 기택에게 재차 고개를 조아렸다. 기택이 날카로운 눈빛으로 길수의 아래위를 훑었다.

"그래, 영등포 들어왔으면 인사를 왔어야지. 하긴, 요즘에 복덕방 하느라고 경황이 없지?"

"……형님, 긴말 않겠습니다. 그동안 저희 애들이 형님 불편하게 한 거, 부디 용서해주십쇼."

"허허. 갑자기 찾아와서 뭔 개 짖는 소리냐?"

"우리 영등포 나갑니다. 앞으로 형님 사업 방해하는 일은 절대 없을 겁니다. 진심입니다. 그러니 제발 저희 애들하고 전쟁은 말아주십쇼."

"하, 니가 반지를 묘하게 돌린다?"

"형님……."

"어이 강도끼, 나 느그들한테 아무 감정 없어. 헛소리 집어치우고 가서 애들 관리나 잘해."

길수가 천천히 일어섰다. 그러고는 기택 앞에 천천히 무릎을 꿇었다.

"형님, 죽은 순철이 형님을 생각해서라도 한번만 봐주십쇼."

기택은 말이 없다. 무릎 꿇은 자의 말을 믿어주기에 상황은 너무도 험한 곳까지 와 있었다.

종대가 정신없이 거리를 달린다. 이윽고 헐떡이며 다다른 곳은 동네 외과의원의 병실. 얼굴에 온통 피멍이 든 선혜가 침상에 누워 있다. 헐레벌떡 찾아온 종대를 발견하고는 힘겹게 고개를 돌린다. 통통 부은 눈가에서 눈물이 주르륵 흘러내린다.

"선혜야."

"……."

대꾸가 없다. 종대의 가슴에서 불길이 솟구쳤다. 빌어먹을 놈. 여자를 때리다니. 알아듣게 말하고 돈까지 쥐여줬건만 이런 꼴을 만들어? 인간 같지 않은 놈에게 인간 대접을 해줄 필요가 없지. 가만두지 않겠다.

"선혜야, 말해봐. 이 자식 지금 어디 있니."

병원을 나와서 물어물어 정민이 있다는 노름판에 찾아가기까지, 그로부터 불과 두 시간도 걸리지 않았다. 부천 주택가에 위치한 '하우스'. 뿌연 담배연기 가득한 노름판 테이블마다 벌겋게 충혈된 눈으로 패를 들여다보는 도박꾼들이 한가득이었다. 하우스 안에 들어선 종대가 살기 어린 눈으로 주위를 두리번거렸다. 얼마 지나지 않아 대여섯 명의 노름꾼들과 포커를 치고 있는 정민이 눈에 들어왔다. 한판을 딴 모양이다. 정민이 희열감 어린 얼굴로 테이블 위의 판돈을 막 거둬들이는 중이었다.

"야 이 개새끼야!"

단숨에 달려든 종대가 테이블 위로 몸을 날렸다. 종대를 발견한 정민이 화들짝 놀라 일어선다. 부랴부랴 도망치려 하지만 종대가 조금 더 빨랐다. 거센 구둣발에 목덜미가 왈칵 고꾸라지고 만다. 바닥에 엎어진 정민을, 종대가 미친 듯 때리고 짓밟고 걷어찼다. 목덜미를, 뒤통수를, 아랫배를, 머리통을, 얼굴을, 허리를, 겨드랑이를. 놀라 지켜보던 노름꾼들이, 사람 죽겠다 싶었는지 종대를 붙들고 뜯어말렸다.

"봐! 이거 봐!"

바닥에 쓰러진 정민은 온통 피투성이가 된 채 비명도 지르지
못하고 두 다리만 버르적거리고 있다.

그 시각, 화양세탁소. 명동상사에 찾아갔다가 수모만 당하고
돌아온 길수가 짐을 정리하는 중이다. 세탁소를 접기로 한 것은
어쩔 수 없는 결정이었다. 험난한 건달생활 만큼이나, 경험도 없
이 빚을 내어 세탁소를 운영하는 것 또한 힘겨운 노릇이었다. 세
탁소 안은 옷들이 몇 벌 걸려 있지 않아 썰렁할 뿐이다. 칸막이
안쪽으로 이삿짐들을 담은 박스들이 여럿 놓여 있었다.

따르릉따르릉.

전화벨이 울린다. 자리에서 일어선 길수가 전화기 쪽으로 걸
어갔다. 그때, 칸막이 안쪽에서 누군가 홀연히 모습을 드러냈다.
용기였다.

"사장님, 종대 어디 갔어요?"

길수가 의아한 얼굴로 되물었다.

"무슨 일이냐. 어떻게 왔어?"

세탁소 밖을 힐끔거리는 용기의 얼굴에 불안한 기색이 어른
거렸다.

"빨리 피하십쇼. 기택이 애들이 이쪽으로 오고 있습니다."

"뭐?"

"위험합니다. 같이 나가시죠."

길수의 팔을 잡아끌고 세탁소 밖으로 나서는 듯하던 용기가 뒤춤에서 날 선 단검을 꺼내들었다. 그리고 길수의 옆구리에 날카로운 칼날을 쑤셔 박았다.

"헉."

길수가 반사적으로 칼을 움켜잡고 사력을 다해 버텼다. 뜻밖의 완력이다. 당황한 용기가 칼을 쥔 손에 힘을 더했다.

"너…… 이 새끼!"

길수가 용기의 가슴을 힘껏 밀어젖혔다. 그리고 오른 주먹으로 용기의 얼굴을 강타했다. 다림대에 부딪친 용기가 뒤로 와당탕 나자빠졌다. 길수가 복부에 피를 쏟아내며 무너지듯 용기를 덮쳤다. 그리고 죽을힘을 다해 용기의 목을 조르기 시작했다. 커, 컥컥. 용기의 안면이 일순 벌겋게 상기되었다. 숨이 막히는지 입술을 일그러뜨리며 버둥댔다. 옥신각신 끝에 가까스로 벗어난 용기가 다림대에 놓인 다리미를 집어 들었다. 그 묵직한 것으로 길수의 머리를 힘껏 내리쳤다.

픽!

길수가 무릎을 꿇으며 주저앉았다.

퍽! 퍽! 퍽!

고꾸라진 길수의 머리통을 향해, 인정사정없는 가격이 계속되었다. 몸을 일으키려고 고통스럽게 힘을 주던 길수의 팔다리 움직임이, 이내 멈추었다. 용기가 피범벅이 된 다리미를 내던지고 숨을 몰아쉬었다. 강을 건넜구나. 돌아올 수 없는 강을 건넌 거야. 빌어먹을.

광기와 죄의식, 혼란과 공포로 반쯤 정신을 잃은 용기가 세탁소 안의 끔찍한 광경을 오래도록 바라보았다.

PART 6
강남

충심과 사심

　화양세탁소 안마당, 천막이 드리우고 돗자리가 깔리고 빌려온 상들이 놓였다. 마루 안쪽 가장 넓은 곳에 빈소가 마련되고 영정 위로 향불 연기가 자욱이 피어올랐다. 강길수의 장례식. 비는 내리지 않았지만 내내 흐린 날이었다. 마당 한구석에 검은 양복을 입은 창배와 명춘 등 영등포 식구들이 망연자실 자리를 지키고 있다. 상주 차림의 종대가 빈소에 섰다. 선혜는 내내 넋이 나간 얼굴이었다.

　이틀째 저녁, 명동상사 양기택과 재필, 철승이 조문을 왔다. 길수의 영정 앞에 절을 하는 그 모습을, 종대가 붉어진 눈으로 물끄러미 바라보았다.

"갑자기 이게 무슨 일인지 모르겠다."

기택의 조문 인사에, 종대는 침묵으로 응대했다.

"며칠 전에 길수 왔을 때 잘해주지 못한 게 맘에 걸려. 길수가 자네들 걱정 많이 하드만."

"……"

상주의 어깨를 두드려준 기택이 수하들과 함께 자리를 떴다. 종대가 그들을 배웅하려 하자, 기택이 만류했다.

"나오지 마. ……장사 잘 치르고."

종대가 이를 악문 채 말없이 고개를 숙였다. 부릅뜬 눈가의 핏줄이 튀어나올 것 같았다.

멀리서 그 모습을 지켜보던 창배가 술잔을 홀짝 비우고는 투덜거렸다.

"양기택이 개새끼. 어디에 낯바닥을 디밀어? 씨팔놈 같으니."

뽀얗게 조등이 걸린 화양세탁소 앞 좁은 골목, 용기의 지프가 멈춰서 있다. 운전석에 기대어 눈을 감은 용기. 잠든 것은 아니다. 밤이 깊어가고 있다. 두 줄짜리 상주 완장을 팔에 두른 종대가 지프로 다가왔다. 조수석에 앉아 긴 한숨을 내뱉는다.

"미안하다."

"형이 뭐가 미안해."

용기가 담배 한 개비를 내밀었다.

"아무 도움도 못 줘서."

라이터를 열고 불까지 켜서 건넸다.

"기택이가 먼저 손을 쓴 거 같아. ……내 쪽엔 애들을 심어놔서 움직일 수가 없었다."

불을 붙이는 용기를 힐끔 쳐다보던 종대의 시선이 일순 차갑게 얼어붙었다. 목덜미에 불그스름한 상처가 나 있다. 설마. 설마 그럴 리가. 담배를 입에 문 종대가 두 손바닥으로 눈을 꾹꾹 눌렀다.

"장례 끝나면 바로 들어간다."

"어딜."

"명동 애들 쓸어버릴 거야."

"……"

"……슬쩍 흘려놔. 그게 작전이야."

목요일 저녁, 삼청동 요정 백일홍. 정갈하게 가꾸어진 뜰이 보이는 별실 테이블에 두 사람이 마주앉아 있다. 중앙정보부 김정규 부장과 서태곤 의원이다. 김 부장이 시종 심각한 얼굴로 종이 몇 장을 들여다보고 있다. 박 의원의 이른바 '슈킹 통장'과 차명 땅문서 사본들. 얼마 전 박 의원과 접촉했던 용기가 빼돌린 것들이다.

"자금출처는 오덴지 모르겠는데, 공금을 빼돌리는 건 학실한 거 같심다."

"이거 어디서 났어?"

"박 의원이 원체 적이 많다 아입니까. 십인회 아시죠? 가들은 볼쎄로 다음 대선 얘기하고 댕기든데요. 차기는 박승구라고."

"흐음……."

김 부장의 얼굴이 딱딱하게 굳었다. 화난 사람 옆구리 찌르듯서 의원이 한마디 더 거들었다.

"선배님, 깡패쒜끼랑 어울리가 땅은 팔아도, 영혼까지 팔아서야 되겠심니까. 요번 일은, 대선승리에 한 점 잡티도 없꾸로 충심을 다해 감쪽겉이 뒷정리하겠심다."

"……충심 얘기하는 놈치고 사심 없는 놈 없어."

"믿어주입쇼. 야전에 있을 때, 선배임 군화까지 닦던 이 서태고이 아입니까!"

산이 높을수록 계곡이 깊다. 강이 깊을수록 물살은 험하다. 그리고 권력이 높을수록 추락은 치명적이다. 국회 재정위원장 박승구. 정치권에서 막강한 힘을 과시하던 그 역시 하룻밤 사이에 손바닥 뒤집히듯 뒤집히는 운명의 변화를 피할 수 없었다. 그리하여 이틀 뒤인 토요일 오후, 서슬 퍼런 정보부의 지하 취조실에 끌려가 온갖 고초를 당하는 신세가 되었다.

"내란 모의한 새끼들 누구누구야? 빨리 말 안 해?"

두툼한 손바닥이 짝, 하고 뺨을 때린다. 딱딱한 구둣발에 맵게 정강이 뼈마디를 파고든다. 힘 빠진 복부에 묵직한 주먹이 작렬한다. 입가에 피를 질질 흘리며 박 위원장이 힘없이 항변했다.

"제발…… 그런 적 없습니다. 믿어주십……."

팔소매를 걷어 올린 수사관이 씩씩거렸다.

"악질 새끼, 이거 안 되겠구만?"

굵은 손가락이 박 위원장의 콧수염을 사정없이 잡아 뜯는다. 박 위원장이 드높은 비명을 질렀다.

"으아악 사람 살려!"

명동, 대왕호텔 지하 라운지. 실내에 나직한 피아노 연주가 흐르고 있다. 밤 11시 20분. 용기가 바에 앉아 독한 술을 마신다. 돌아오지 못할 강을 건너고 만 자의 얼굴 위에 깊은 상념이 흐른다. 곁에 앉은 민규가 어깨를 토닥이듯 나직이 말했다.

"너무 맘 쓰지 마십쇼. 어쩔 수 없는 일 아니었습니까."

용기가 술에 취해 웅얼거렸다.

"그래……. 차라리 잘됐어. 강길수 있어봐야 종대 발목밖에 더 잡았겠냐."

"맞습니다."

"일단 기택이는 내가 쥐새끼 아닌 거 믿게 되었잖아. 이제 된 거야. 계획대로 애들 잘 준비시켜."

"기택이 치고 나면 종대도 작업하시죠?"

"……뭐?"

"고기 다 잡으면 통발 필요 있습니까."

용기의 얼굴이 복잡해진다. 민규가 다시 속삭였다.

"강 사장 본 거 알게 되면…… 그놈도 절대 가만있지 않을 겁니다."

마지막 일전

서울 근교의 야산, 완만한 언덕 양옆으로 공동묘지가 넓게 펼쳐져 있다. 아침부터 비가 내렸다. 기택을 땅에 묻는 날이다. 누런 황토 위에 쉴 새 없이 빗줄기가 쏟아진다.

광목 두른 관이 조심조심 묘혈 속으로 내려가고 있다. 명춘과 병삼 등 식구들의 검은 양복이 온통 빗물과 흙탕에 젖어가고 있다. 검은 우산을 쓴 종대가 우두커니 하관을 지켜보고 있다. 길수의 마지막 안식을 지킬 나무 관에도 거센 빗줄기와 흙탕이 뒤범벅으로 젖어가고 있다. 그 모습을 지켜보는 종대의 눈자위도

붉게 물들어갔다.

저만치 거센 빗줄기를 뚫고, 장례버스 한 대가 나타났다가는 다른 묘지 앞에 멈춰선다. 버스 문이 열리고, 체구 건장한 사내들이 한꺼번에 쏟아져 나온다. 그들의 손에 각목과 쇠파이프, 대검 등의 연장이 들려 있다. 재필이 이끄는 오십여 명의 명동 조직원들. 장례 끝나는 대로 명동을 치겠다는 소문이 도는가 싶더니 이쪽이 가장 취약한 때를 골라 선제공격을 해온 것이다. 상대방 사정 봐주지 않고 가장 아픈 곳을 가장 세게 찌르는 것. 그것이 전쟁의 정석이다.

"개새끼들, 죽여!"

우와아아. 재필의 신호에, 명동 조직원들이 고함을 치며 일제히 달려온다. 하관에 열중이던 종대의 식구들 열댓 명이 고개를 들어 그 소요(騷擾)를 지켜본다.

긴 우산을 접어든 종대가 재필의 수하들을 향해 성큼성큼 다가갔다. 사태를 이미 짐작한 듯한 얼굴이다. 삽과 곡괭이 등을 집어든 창배와 여남은 명의 식구들도 주춤주춤 종대를 뒤따른다. 그러나 숫자 차이가 다소 크다. 재필의 수하들이 압도적인 수적 우세를 믿고 기세등등 달려들었다.

우산을 말아 쥔 종대가 선두에 덤벼드는 명동 수하의 대검을 우산대로 쳐내며 가슴을 걸어찼다. 그가 비명도 지르지 못하고 진창에 고개를 처박았다. 연이어 달려드는 명동 패거리들의 어깨를, 목덜미를, 옆구리를, 종대가 날카로운 우산 꼭지로 신속하게 쑤셔대었다. 아아악! 어깨에서 목덜미에서 옆구리에서 붉은 피가 솟구친다. 무덤 위로 명동 수하들이 빗줄기처럼 쓰러진다. 명춘과 병삼도 젖은 흙을 파던 곡괭이와 삽을 휘두르며 용감하게 맞섰다. 난투극이 점점 거세어지고 있다.

그때, 언덕 너머에서 용기와 민규 등 열댓 명의 패거리들이 나타났다.

"빨리 와 새끼들아!"

아군을 발견한 재필이 연장을 휘두르며 소리쳤다. 우와아아아! 그런데 빗속을 뚫고 온 용기 패거리들이 달려드는 방향은 종대의 식구 쪽이 아니다. 재필 쪽이다. 방심하고 있던 재필의 수하들을, 용기와 그 수하들이 연장으로 무자비하게 찍어내고 재필과 그 수하들은 당황한 나머지 조금씩 물러선다.

종대와 식구들이 더욱 힘을 내어 상대를 제압했다. 창배와 열서너 명의 식구들, 용기의 패거리들이 명동 토벌에 합류했다. 재필의 식구들에 대한 공격이 양방향에서 동시에 이어지고 있는 것이다. 갈팡질팡하던 재필의 수하들이 연장에 얻어맞고는 진창과 묘혈 속으로 사정없이 처박혔다. 재필이 창배를 쇠파이프로 후려쳤다. 이를 악문 창배가 재필에게 몸을 날렸다. 두 사람이 진탕을 나뒹굴었다. 야구 배트를 든 용기가 주춤대는 명동 조직원들을 사정없이 후려쳤다. 흙바닥에 떨어져 나뒹구는 도끼를 집어든 종대가 사정없이 명동 조직원들을 찍어내고 다닌다. 허벅지에, 잔등에, 사타구니에, 옆구리에 도끼를 맞은 자들이 비명을 지르며 쓰러진다. 수적으로 월등히 우세하던 명동 조직원들이 삽시간에 궤멸되어 갔다.

패배를 직감한 재필이 주춤주춤 물러서다가 장례버스를 향해 비척비척 도망가기 시작한다. 종대가 흙탕을 튀며 재필을 향해 달려갔다. 몸을 날려 재필의 등허리에 힘차게 칼을 꽂았다. 으억! 재필이 진창에 나뒹굴며 끝까지 저항했다. 어느새 달려든 용기가 재필을 향해 힘차게 야구 배트를 휘둘렀다. 픽! 왼쪽 관자놀이에 정통으로 배트를 얻어맞은 재필이 흙탕에 풀썩 얼굴을 처박았다.

쉴 새 없이 비가 내리고 있다. 용기와 종대가 거친 숨을 몰아쉬며 서로를 바라보았다.

남겨진 계산들

전쟁은 모두 끝났다. 이제 복잡한 계산만이 남겨졌다. 새로운 서울을 위해 피를 흘릴 사람이 더는 없을 것이다. 무교동, 성희의 룸살롱에 서태곤 의원과 종대가 마주앉았다. 작업 끝난 지번들이 적힌 종이를 찬찬히 살펴보는 서 의원은 더없이 만족스러운 얼굴이었다.

"하모, 계획도 상의 토지들은 얼추 정리된 기가?"

종대가 고개를 숙였다.

"예. 양기택이 쪽에서 작업한 땅까지, 거의 완료되었습니다."

"양기택이는?"

"박 의원이 정보부에 잡혀간 거 알고 튄 거 같습니다."

서 의원의 눈알이 빠르게 움직였다.

"요번 일은 순저이 내 개인 사업이다. 이 일에 얽힌 놈들은 학실히 제초해라."

"무슨…… 얘기십니까?"

"박승구 초빼이 쉐끼들, 양기택이든, 백용기든 단디 청소해라 말이다."

"아…… 예."

"뒷정리만 잘해주모 내 땅 개발권은 다 니 주꾸마. 하끈하게 건물 좀 올리보자."

옆자리의 민 마담이 솔깃한 얼굴로 바투 붙어 앉았다.

"어떤 건물이요?"

"신사동에 호텔 짓는 건 어떻겠노."

종대가 고개를 숙였다.

"……기회만 주신다면 해보겠습니다."

민 마담이 끼어들었다.

"아직 상권이 없는데 괜찮겠어요?"

"내 복귀하모 강북 업소들은 규제 좀 쎄게 할끼야. 카모 다들 강남으로 기들어 오겠지."

"특혜도 많이 주셔야죠."

그녀가 비로소 꽃처럼 활짝 웃는다.

"세금 면제해주시면 저부터 넘어갈게요."

"오케이! 자, 아람부랄 펠리스를 위하여 건배!"

"비둘기처럼 다정한 사람들이라면 장미꽃 넝쿨 우거진 그런 집을 지어요……."

하얀 와이셔츠 차림의 용기와 한복을 곱게 입은 소정. 두 사람이 나란히 서서 수줍게 노래를 부른다. 저녁 8시 40분. 거나하게 차려진 상 주변에 모여 앉은 이십여 명의 명동 조직원들이 박수를 치며 흥을 돋우고 있다. 얼마 전 양옥집을 사들인 용기의 집들이 날이다. 양기택을 몰아낸 이후, 용기에게는 여러모로 좋은 일이 겹쳤다. 2인자 혹은 3인자의 오명을 벗으며 명동상사의 이

사 자리에 당당히 올라섰고, 비밀 연애를 끝내고 소정과 약혼식
을 치렀으며, 번듯한 집 한 채까지 장만한 것이다.

"메아리 소리 해맑은 오솔길을 따라 산새들 노래 즐거운 옹달
샘 터에⋯⋯."

멋쩍은 표정으로 노래를 부르는 용기와 소정의 얼굴에 행복
감이 가득했다.

"더 크게! 살리고!"

민규를 비롯한 명동 조직원들이 박수를 치며 흥겹게 호응했
다. 상 한자리를 차지하고 앉아 있는 종대도 어색한 미소를 띤
채 박수를 쳤다. 더없이 행복한 용기와 신부의 모습을 보자니 오
만 가지 감정이 복잡하게 스쳐갔다. 수원 개천가에서 넝마주이
를 하며 연명하던 시절. 옥수수 죽 한 그릇으로 끼니를 연명하던
시절. 이불을 뒤집어쓰고도 추워서 백열전구를 껴안고 잠들어야
했던 그 집⋯⋯. 그조차도 개발한다고 죄다 부서지고 쫓겨나는
신세였지⋯⋯.

백용기 출세했네. 참 멀리까지 왔구나. 너무나도 많은 일이 있
었어. 안 겪었으면 더 좋았을, 그런 일들까지도.

용기와 소정의 노래가 끝나자 조직원들이 환호하며 앙코르를
연호하고, 누군가 건배를 제의했다. 새신랑 새신부를 위하여!

종대가 슬그머니 자리에서 일어섰다.

마당으로 나와 담배 한 대를 피워 물었다.

훤하게 불 켜진 거실 창밖으로 시끌벅적한 웃음소리가 연신 터져나왔다.

종대는 계단에 걸터앉아 저녁 하늘에 담배연기를 피워올렸다. 얼마 전에 있었던, 기억에서 지우고만 싶은 사건 하나를 떠올리고 만다. 아무도 몰래, 재필의 수하 철승을 습격했었다. 그리고 강 사장을 죽인 놈이 누구인지 캐물었다. 녀석은 모른다고 잡아떼었다. 하지만 눈빛으로 보아 범인이 누구인지 알고 있는 눈치였다. 녀석의 발등을 손도끼로 내려찍었다. 아악! 비명을 내지르며 고통스러워하던 철승이 마침내 입을 열었다.

'용기다……. 백용기가 그랬어…….'

그 목소리가 귓전에 되살아나 종대는 고개를 떨어뜨리고 양손으로 머리채를 쥐었다. 야속한 운명이구나. 더럽게 꼬인 운명이로구나. 기억을 머릿속에서 지워낼 방법이 없을까.

"여기서 뭐하냐? 같이 안 놀고."

용기였다. 기분 좋게 취한 얼굴로 종대에게 다가온다. 종대가 속마음을 감추듯 손바닥으로 두 뺨을 쓰다듬었다.

"어, 바람 좀 쐬려고."

"얼굴 안 좋다? 왜, 우리 애들 불편하냐?"

"아냐. 불편하긴."

애써 웃음을 지어 보였다.

"형수씨, 예쁘더라?"

"예쁘긴."

종대 옆에 앉은 용기가 담뱃불을 붙였다.

"애를 배 가지고 식을 좀 당겨야 될 거 같아."

"……잘됐네."

"나 버린 어미 아비……. 존나게 욕하고 살았는데, 막상 내가
애 아빠 된다니까 기분이 묘하다."

"이제 철든 거냐."

용기가 종대를 바라보고 빙긋 웃었다. 그러나 종대는 도저히
마주 웃어줄 수가 없었다.

"……실은 그때 너랑 헤어지고, 한번 찾으러 내려갔었어. 너
인력사무소에 있는 것도 알았고."

"그런데 왜 그냥 올라갔어?"

"만나면 마음 약해질까 봐."

"……."

"나 정말, 먹고살려고 무지 험하게 놀았거든. 넌 상상도 못할
거다."

"……형."

"왜."

"그때 살던 집, 안 부서졌으면…… 우리 어떻게 됐을까?"

"뭘 어떻게 돼. 전구다마나 끌어안고 살았겠지."

소정이 현관에 나와 소리쳤다.

"자기야, 거기서 뭐해? 찌개 올릴 테니까 식사해. 도련님도 빨리 들어와요."

"들어가자."

앞서 발걸음을 옮기던 용기가 생각난 듯 뒤를 돌아보았다.

"아, 양기택이 소재 파악됐다."

"……정말?"

"응. 바로 움직이자. 마무리 잘해서 강 사장 편히 보내드려야지."

현관 너머로 사라지는 용기의 뒷모습을, 종대가 멍히 바라보았다.

종대는 10시쯤 슬쩍 자리를 떴다. 밤늦게까지 이어지는 잔치에 끝까지 남아 있을 기분이 아니었다. 세탁소가 있는 골목에 들어서던 종대가 고개를 갸웃했다. 세탁소에 불이 켜져 있다. 누가 있을까. 올 만한 사람이 없는데.

세탁소에 들어섰다. 선혜가 짐을 정리하는 중이었다.

"어, 오빠."

"선혜야. 여기 왜 있어? 호텔방 불편해?"

"그냥 와봤어. ……아빠 물건도 챙겨야 되고."

"내가 하면 되는데."

얼추 정리가 끝난 듯, 길수의 다리미와 옷가지들이 박스 안에 차곡차곡 담겨 있었다. 종대가 그 모습을 가만 지켜보았다. 삶이 이토록 간단히 정리될 수 있다는 사실이 그의 가슴께를 뻐근하게 했다.

"오빠."

"응?"

"나……. 그 사람이랑 그냥 살아야 될까 봐."

"야, 그 새끼 얘긴 꺼내지도 말라고 했지."

"……."

"걱정 말아. 넌 오빠가 끝까지 책임질 거니까."

종대는 안방으로 들어왔다. 썰렁한 방구석에 옷가지가 두어 벌 가지런히 쌓여 있다. 길수의 체취가 아직 고스란히 남아 있는 공간이다. 앉은뱅이책상 위의 상자에는 길수가 마지막까지 소중히 간직한 유품들이 들어 있다. 초라한 손목시계와 신분증, 가족사진……. 종대는 길수의 유품들을 꺼내 천천히 어루만졌다. 그 안에 든 앨범을 펼치자 지난 시절들이 고스란히 되살아났다.

세탁소 개업 직후, 다림대 앞에서 다림질을 하며 멋쩍게 웃는 길수의 모습. 서로 등목을 해주며 환하게 웃는 길수와 종대의 모습. 선혜의 졸업식 날, 단정하게 교복 입은 선혜 옆에 선 길수와 종대…… . 선혜의 결혼식 기념사진에 눈길이 멎었다. 길수와 종대와 선혜, 세 가족이 찍은 사진이다. 웨딩드레스를 입은 선혜의 양옆에서, 종대와 길수가 불편하고 어색한 표정으로 서 있었다. 당시의 감정이 새록새록 되살아났다. 사진첩을 넘기던 종대가 앨범 갈피에 꽂혀 있는 종이 한 장을 발견했다. 호적등본이었다.

　호주　父 강길수

　그 밑에 나란히 적힌 이름들.

　子 강종대
　女 강선혜

　자신의 이름이 기재된 호적을 한참 동안 바라보는 종대. 종이 위에 눈물 한 방울이 툭, 떨어진다. 참았던 감정이 아프도록 북받쳐 올랐다. 어깨가 떨리는가 싶더니 뱃속이, 온몸이 떨렸다. 종대는 울고 있었다.

가라, 멀리 떠나라

서울시청 기자회견장. 사진기자들의 카메라 플래시가 늦가을 우박처럼 쏟아진다. 정재계 인사들과 공무원들, 기자들이 한데 모인 가운데, 연단에 선 서울시장이 목소리를 높이고 있다. '남서울 개발계획' 시행에 관한 특별 기자회견이다.

"나날이 과밀화되고 있는 서울의 인구문제와 북괴의 무력남침에 대비해, 서울시는 정부의 적극적인 지원 아래 수도 서울지역을 한강 이남으로 넓힐 계획을 발표합니다. 이번에 추진될 남서울 개발 사업을 통해, 장차 강남은 대규모 편의시설과 위탁시설 등을 갖춘 이상적이고도 현대적인 신시가지가 될 것입니다……."

회견장 한구석 VIP석에 중앙정보부 김정규 부장과 서태곤 의원이 앉아 있다. 끝내 뜻을 이루어낸 자들이 만면에 흐뭇한 미소를 띠고 있다.

펑! 펑!

시장의 회견이 끝나고, 폭죽이 밤하늘 가득 터져 오른다. 형형색색의 불꽃들이 눈부시게 피었다 꺼지기를 반복한다. 강남 영동의 새로운 시대, 남서울 개발계획 시행을 축하하고자 모인 사람들이 힘차게 환호했다. 김 부장이 여유롭게 박수를 치며 나직이 말했다.

"어때, 군량미는 다 채울 거 같아?"

서 의원이 고개를 끄덕였다.

"예. 요번 전투는 마 필승지세입니다. 시세차익 큰 데는, 땅값이 오십 배까지 뛰었심다."

"마무리가 아주 일사천리구만."

"경부고속도로도 2년 만에 뚫었심다. 군사작전으로 안 되는 기 어딨습니까?"

"근데, 박승구 때문에 일이 영 지저분해졌어."

"글찮아도 이미 조치해놨심다. 아, 이거 받으십쇼."

"이게 뭐야?"

서 의원이 목소리를 낮추었다.

"풍수쟁이말론 강남 최고 명당이라캅니다. 대공사업하느라 힘드실 낀데, 필요할 때 쓰십쇼."

땅문서가 고이 접혀 있는 종이봉투. 늘 근엄하기 그지없던 김 부장의 얼굴에, 기적 같은 미소가 잔잔히 번졌다.

충청남도 대천 ××읍의 삼류극장. 극장 안에 포성과 총성이 요란하다. 스크린 위에는 국군과 인민군의 치열한 전투장면이 한창이다. 한국전쟁을 다룬 반공 영화. 낮 시간이라서 그런지 극장 안은 텅 비었다. 썰렁한 1층 객석에 대여섯 명의 관객이 앉아 있고, 2층 객석은 구석 자리에 단 한 사람만이 자리를 지키고 앉아 있다. 점퍼를 입은 중년 사내, 양기택이다.

2층 객석 안에 들어선 누군가 기택 뒤로 천천히 다가갔다. 꾸벅 인사를 한다. 용기다.

"잘 계셨습니까?"

"……애들은 다 어떻게 됐어?"

"알아봤는데 지금 어디 있는지 파악이 안 됩니다."

같은 시간, 극장 3층 화장실에는 민규 등 용기의 수하 세 명이 담배를 피우고 있다. 누군가 빠른 걸음으로 화장실에 들어선다. 역시 용기의 수하다. 민규에게 상황을 보고한다.

"형님 지금 안으로 들어갔습니다."

민규가 고개를 끄덕였다.

"연장들 챙겨라. 야무진 놈이니까 한방에 때려잡아야 된다."

"예 형님."

"자, 가자."

민규와 다섯 명의 수하들이 화장실에서 나오려는 순간, 일단의 사내들이 화장실 문을 밀고 우르르 들어섰다. 창배, 명춘, 병삼 등 종대의 사람들이다. 놀란 민규와 수하들이 뭐라고 하려는 사이, 창배가 재빨리 엽총을 겨누었다.

탕! 탕! 탕! 탕!

용기의 수하들이 순식간에 피투성이가 되어 바닥에 나뒹굴었다.

"개새끼들. 어디 가려고. 응?"

창배가 엽총 개머리판으로 민규의 머리통을 세차게 내려찍었다. 퍽. 민규가 피를 뿜으며 변기통에 처박혔다.

다시 극장 안. 전투 장면으로 요란한 스크린을 향한 채, 기택이 용기에게 말했다.

"돈은?"

"급히 오느라고 많이 준비하지는 못했습니다."

돈 봉투를 받아 안주머니에 넣은 기택이 후, 하고 한숨을 내쉬었다.

"그래, 넌 요즘 어떻게 지내냐."

"예, 뭐 그저……."

"길수 애들 밑에 있다며? 견딜 만해?"

용기의 얼굴이 딱딱하게 굳었다.

"예? 그게 무슨 말씀……."

기택이 피식 웃었다. 역겨운 웃음이었다.

"재필이 말을 내가 들었어야 했는데……."

안주머니에 넣었던 손을 빼어 용기에게 겨눈다. 검은 권총이 쥐어 있다.

"오냐자식 후레자식 된다는 말이 맞아."

"전무님……."

"개 양아치 새끼! 네가 날 찍어내? 그러고도 무사할 줄 알았어?"

일촉즉발 위기의 순간. 그때 뒤에서 누군가가 다가왔다.

"양 전무님."

흠칫 놀란 기택이 고개를 돌렸다. 종대였다. 그 순간, 권총을 쥔 기택의 손을 용기가 잽싸게 잡아챘다. 당황한 기택이 용기의 손을 뿌리치려 안간힘을 썼다.

"너 이 개새끼……."

종대가 노끈으로 기택의 목을 감았다. 컥. 고개가 뒤로 잔뜩 젖혀진 기택이 버둥거렸다. 그 얼굴이 금세 새빨개졌다. 종대가 있는 힘을 다해 사정없이 노끈을 잡아당겼다.

타타타타타!

스크린 속의 기관 단총이 쉴 새 없이 불을 뿜었다. 털컥. 권총을 놓친 기택이 마지막 힘을 다해 노끈을 풀어내려 몸부림쳤다. 그러나 불가항력이었다. 눈에 벌겋게 핏발이 돋았다. 품에서 대검을 뽑아든 용기가 기택의 복부 깊숙이 칼날을 쑤셔넣었다. 날 선 칼날이 복부를 깊숙이 파고들었다. 노끈을 쥔 손에 힘을 풀지 않은 채, 종대가 용기를 바라보았다. 콰쾅! 스크린 가득 화염을 일으키며 폭발이 일어나고 있다. 전투가 한창 격렬해지는 모양이다.

복부에 피를 흥건히 쏟으며 기택이 좌석 아래로 굴러떨어졌다. 선혈 묻은 대검을 거머쥔 용기가 좌석에 털썩 주저앉았다. 쾅! 수류탄이 폭발하고 파편을 맞은 군인들이 낙엽처럼 스러진다.

이내 몸을 일으킨 용기가 죽은 기택에게 다가갔다.

"야, 화장실로 옮기자."

종대는 대꾸가 없다.

"뭐해, 일루와."

종대를 돌아보던 용기가 흠칫 멈춰선다. 종대의 손에 들린 것은 기택의 권총이다.

"거기 네 애들 있잖아."

"종, 종대야……."

용기를 노려보며 씨근덕거리던 종대가 권총 방아쇠를 당겼다. 탕! 용기가 어깨를 감싸 쥐며 좌석들 사이로 쓰러졌다. 손가락 사이로 핏줄기가 흘러내리고 있다. 콰쾅! 스크린 속, 포탄들이 거대한 화염을 일으키며 다시 터졌다. 고통스런 신음을 토하는 용기의 머리를 향해, 종대가 권총을 겨누었다.

"……강길수 왜 죽였냐?"

용기의 일그러진 얼굴에 짙은 낭패감이 가득했다. 비상구 쪽을 보며 투덜거린다.

"뭐? 내가 씨발 강길수를 왜 봐."

"니 애들은 기다리지 마. ……왜 그랬냐."

"아, 씨발."

종대가 이를 악물었다.

"……왜 죽였냐고!"

"야, 나 니 형이야. 그거 내려놔. 응? 내가 잘못했다. 어쩔 수 없었잖아."

철컥! 노리쇠를 당긴 종대가 권총을 쳐들었다.

"개같은 새끼."

고통과 공포 속에 용기가 씨근덕거렸다.

"생각해봐! 그 씨발놈의 세탁쟁이, 내가 안 봤으면 너도 뒈졌어. 그 새끼가 뭐라고 나한테 이러는 거야. 그래서 나도 좆될 뻔한 거잖아 씨발. 몰라?"

버르적버르적 몸을 일으키려 한다.

"종대야. 세상에 우리 둘밖에 더 있냐? 살려주라."

탕! 권총이 재차 불을 내뿜었다. 그러나 총알은 용기가 아닌 그 발치의 바닥을 때리고 노란 불꽃을 일으켰다. 종대가 용기를, 용기가 종대를 한동안 바라보았다. 마침내 종대가 입을 열었다.

"백용기, 니 애새끼 살리고 싶으면 가라. 멀리 떠나라."

돌아선 종대가 망설임 없이 멀어졌다. 비상구 밖으로 뒷모습
이 완전히 사라지고 나서도 한참 동안, 용기는 그 어둠을 지켜보
았다.

마지막에 살아남는 자

한낮의 장항선. 빠앙! 경적을 울리며 기차가 빠르게 레일 위
를 미끄러져 간다. 서울로 올라가는 기차 연결통로에 종대가 서
있다. 정신없이 멀어져가는 풍경을 묵묵히 바라보는 중이다. 거
센 들바람이 머리칼을 연신 헤집어댄다. 착잡하다. 어깨에 총을
맞고 괴로워하던 용기의 모습이 머리에서 떠나지 않는다.

누군가 객실 문을 열고 통로로 나온다. 누런 점퍼 차림의 중년
사내다. 다음 칸을 향해 지나가나 했더니 종대 앞에서 걸음을 멈
춘다.

"김종대 씨."

무심코 뒤를 돌아본 종대의 눈이 커졌다. 사내의 손에 권총이
들려 있다.

탕!

총구가 불을 뿜었다. 허벅지를 관통당한 종대는 하마터면 열

차 밖으로 굴러떨어질 뻔한다. 이자는 누구인가. 전쟁은 이미 끝난 것 아니었던가?

탕!

다시 총구가 불을 뿜었다.

두 번째 총알이 향한 곳은 종대의 왼쪽 복부였다. 정신이 아득해지는 것을 느끼며 어찌어찌 계단 난간 기둥을 붙잡고 버티는 사이 기차는 빠앙 소리를 내며 터널로 들어갔다. 사위가 일순 어두워지고, 엄청난 소리와 바람이 한데 몰아쳤다. 종대의 몸이 어둠 속으로 펄럭 떨어졌다.

바로 그 시각, 서울시청에서 멀지 않은 J호텔 대연회장에서는 남서울 개발 사업을 축하하는 행사가 한창이다. 펑! 샴페인의 하얀 거품이 허공으로 솟구치고, 원형 테이블에 모여선 정재계 인사들이 환한 얼굴로 박수를 쳤다.

"남서울의 미래를 위하여!"

"위하여!"

서태곤 의원이 잔을 쳐들고 힘차게 건배를 외쳤다. 사람들이 일제히 잔을 부딪치며 흥겹게 호응한다. 정재계 고위인사들 사이에, 민 마담과 문 과장의 멀끔한 얼굴도 보인다.

대천 ××읍의 천변에 용기의 지프가 세워져 있다. 운전석에 앉은 용기가 불편한 자세로 상처 입은 어깨를 붕대로 묶고 있다. 손과 입으로 붕대 매듭을 당기는 동안 고통스러운 신음이 앙다문 입술 사이로 새어 나왔다.

누군가 지프 있는 곳으로 다가오고 있다. 차체에 바짝 다가선 그가 점퍼 주머니에서 오른손을 꺼낸다. 권총이 쥐어 있다. 붕대를 감느라 정신이 팔린 용기는 그 기척을 전혀 눈치채지 못한다.

탕!

총알이 유리를 깨고 용기의 왼쪽 관자놀이를 정확히 관통했다. 비명 한마디 지르지 못한 채 용기의 상체가 조수석에 쓰러졌다. 구멍 난 머리에서 쏟아지는 피가 가죽시트를 삽시간에 적셨다.

열린 콘솔박스 안에 놓인 사진에도 피가 튀었다. 사진 속에서 소정과 용기가 웃는다. 얼마 전 집들이 때, 잔칫상 앞에서 찍은 사진이다. 적당히 취한 얼굴로 계면쩍게 웃고 있는 두 사람의 모습이 더없이 행복해 보였다.

J호텔 연회장에는 쇼스타코비치의 '두 번째 왈츠'가 연주되고 있다. 웅장하면서도 경쾌한 리듬에 맞춰, 자리에 참석한 귀빈들과 아름다운 미녀들이 우아한 왈츠를 추었다. 남서울 개발 사업

축하행사가 절정으로 치닫고 있다. 서 의원의 파트너가 되어 춤을 추는 이는 하얀 드레스가 우아한 민 마담이다. 서 의원이 뭐라고 한마디 건네자, 민 마담이 입을 가리고 우아하게 웃었다. 승리를 거둔 자만이 지을 수 있는 여유로운 웃음들. 검은 양복을 입은 청년이 서 의원에게 다가오더니 절도 있는 동작으로 귓속말을 건넨다.

"둘 다 처리했다고 합니다."

서 의원이 무심하게 고개를 끄덕였다.

"그래, 가봐."

장항선. 기찻길이 지나가는 터널 안. 만신창이가 된 종대가 자갈밭 위를 절그럭절그럭 구르고 있다. 저 멀리 출구를 향해 힘겹게 기어가는 중이다. 일어서기는커녕 팔다리를 놀릴 힘조차 없는 그에게 출구는 너무나 멀다. 자갈밭에 종대의 피가 찐득하게 배어났다. 빠앙. 멀리서 기적 소리가 들려왔다. 의식이 점점 흐려지고 있다. 아, 이대로 끝인가. 지난날의 기억들이 꿈속의 한 장면인 듯 스쳐가고 있다. 화창한 가을날이다. 햇살이 좋다. 화양세탁소 옥상에서 종대와 선혜가 빨래를 널고 있다. 선혜를 향해 종대가 짓궂게 젖은 빨래를 던다. 하지 마, 차가워! 빨랫감이 가득 담긴 대야를 든 길수가 옥상으로 올라온다. 두 사람을 보며 흐뭇하게 미소 짓는다.

오빠! 오빠도 같이 밟아! 세탁소 안마당이다. 맨발로 고무대야에 들어간 선혜가 세탁물들을 신나게 밟고 있다. 하얀 거품이 사방으로 튄다. 춤을 추는 것 같다. 종대는 깨끗이 세탁한 옷들을 가지런히 행거에 걸었다. 다림대 앞에 앉은 길수가 서툴게 다림질을 하고 있다. 종대야, 내 다림질 솜씨 어떠냐. 많이 늘었지? 두고 봐라. 내 열심히 해서, 너희 좋은 집에 살게 해줄 테니까.

잠시 정신을 잃었던 모양이다. 종대가 어둠 속에서 고개를 쳐들었다. 통증 때문인지 숨 쉬기가 쉽지 않았다. 다시 힘겹게 기어가기 시작했다. 터널 밖은, 그리고 빛은 영원히 닿지 않을 것만 같다.

엄마야! 신나게 빨래를 밟던 선혜가 미끄러지며 대야 밖으로 넘어진다. 그 모습에 종대와 길수가 껄껄 웃었다. 휴일 오후의 세탁소 마당에 햇살이 눈부시다.

EPILOGUE

1990년대 후반, 강남의 어느 초등학교 운동장. 백여 명의 동네 사람들이 모여 있고 스피커로 증폭된 목소리가 쩌렁쩌렁 울리고 있다. 국회의원 선거를 앞두고 유세가 한창인 모양이다. 단상 위, 반백 머리에 다부진 인상의 국회의원 후보가 보인다.

"이 서태곤이, 강남에서 나고 자란, 강남을 위하여 이 한 몸 바쳐온 강남의 아들입니다! 저에게 마지막으로 기회를 주신다면 강남을 정치 일 번지, 경제 일 번지, 문화 일 번지로 발전시킬 것을 여러분 앞에 약속드리는 바입니다!"

"서태곤! 서태곤!"

'1번'이 적힌 피켓을 든 당원들이 힘차게 '서태곤'을 연호한다. 초등학교 담장 너머로, 한창 건설 중인 타워 팰리스가 멀리 보인다. 유세를 구경하는 청중들 사이로 허름한 모습의 사내가 등을 보이고 서 있다. 중년이 된 종대다. 지난날의 젊음을 찾아볼 수 없는 얼굴. 단상 위에 서서 손짓을 해가며 연설하는 낯익은 후보자를 종대는 물끄러미 지켜보고만 있다.

저녁이 찾아왔다.

옥수동 달동네. 산등성이 비탈길을 따라 판잣집들이 좌우로 빼곡하다. 좁은 골목 계단을 종대가 천천히 올라가는 중이다. 힘에 부치는지 간간히 멈춰서서 숨을 고른다.

구멍가게에 불이 켜져 있다. 채소며 과일 등이 소박하게 진열된 가게 입구에서 여주인이 고물장수에게 빈 병을 넘기고 있다. 고운 티가 남아 있는 중년 여인, 선혜다. 고물장수 리어카를 지나친 종대가 가게 안으로 들어선다.

"오빠, 어디 갔다 오는 거야?"

"잠깐 바람 좀 쐬고 왔어."

"식사했어? 저녁 차려놨는데."

"먹어야지. 그만 정리하고 들어가자 선혜야."

계단을 올라 옥탑방 난간을 지나던 종대가 무심코 걸음을 멈춘다.

한강 너머, 압구정동의 휘황한 야경이 눈에 들어왔다.

Interview

박지윤 │ 네, 여러분 반갑습
니다. 〈말죽거리 잔혹사〉와
〈비열한 거리〉에 이은 유하
감독의 '거리 삼부작' 완결편
〈강남 1970〉의 제작보고회
에 오신 것을 진심으로 환영
합니다. 저는 오늘 진행을 맡
은 박지윤입니다. 반갑습니
다. 조금 전에 상영된 영상에
서 보셨듯이 〈강남 1970〉은
1970년대 남서울 개발이 시작되기 전의 강남을 둘러싼 두 남자
의 욕망과 의리 그리고 배신을 그린 유하 감독의 '거리 삼부작'
완결편이자 이민호 씨와 김래원 씨의 만남만으로도 기대를 모
으는 액션 드라마입니다. 일단 유하 감독님의 전작들이 다 성공
을 거뒀기 때문에 더 기대가 되고, 이 두 배우가 기존의 작품과
는 또 다른 이미지를 보여주실 예정이라고 해서 더 기대가 됩니
다. 여기에 무게감을 더하는 배우 정진영 씨까지. 개인적으로 이
네 남자의 만남이 정말 기대됩니다. 네 분을 빨리 만나보고 싶으
시죠? 그럼 이 자리에 〈강남 1970〉을 연출하신 감독님과 배우분
들 모시고 본격적인 이야기를 나눠보도록 하겠습니다. 유하 감

독님, 이민호 씨, 김래원 씨, 정진영 씨 모실게요. 박수로 환영해 주세요.

먼저 편하게 앉아서 인사를 한 후에 이야기를 나누도록 하겠습니다. 유하 감독님부터 인사 말씀 부탁드릴게요.

유하 | 안녕하세요. 이렇게 추운 날씨에 많이 와주셔서 대단히 감사드립니다. 저는 〈강남 1970〉을 연출한 유하입니다.

박지윤 | 이민호 씨부터 세 분의 배우분들은 인사 말씀과 함께 간단한 캐릭터 설명도 부탁드리겠습니다.

이민호 | 안녕하세요. '김종대' 역할을 맡은 이민호입니다. 반갑습니다. 종대라는 캐릭터는 아무것도 가진 것 없는 밑바닥 인생부터 시작해서 조금 더 나은 삶을 살아가기

위해 열심히 노력하는 '겁 없는 청춘' 캐릭터입니다.

김래원 | 안녕하세요. 〈강남 1970〉에서 조직의 보스가 되기 위해 살인도 서슴지 않는 건달 '백용기' 역을 맡은 배우 김래원입니다. 안녕하세요.

정진영 | 저는 '강길수'라고 하는 조직의 중간보스 출신인데요. 자식들을 위해서 조직생활을 청산하고 새로운 삶을 살기 위해 노력하는 인물입니다.

박지윤 | 네 분의 소개 잘 들었습니다. 캐릭터에 대한 약간의 소개를 직접 듣고 나니 영화에 대한 이해가 더 잘될 것 같아요. 보충설명을 위해서 여기에 캐릭터 예고편을 준비해봤습니다. 본격적인 토크에 앞서서 〈강남 1970〉의 예고편을 함께 만나보실까요?

[캐릭터 예고편 상영]

박지윤 ｜ 〈강남 1970〉의 배
우분들이 열연하는 모습, 캐
릭터 예고편을 통해 함께 만
나봤습니다. 특히 두 분이 연
기하시는 캐릭터가 굉장히 매
력적입니다. 성공을 향해 목
숨을 건 '위험한 청춘'이네요.
'겁 없는 젊음' 김종대 역의
이민호 씨와 '앗쌀한 한탕'을 꿈꾸는 백용기 역의 김래원 씨가
어떤 성격의 인물인지도 느낌이 확 오고요. 이제 느낌 아니까,
이 느낌 살려서 본격적인 얘기를 좀 나눠볼게요. (웃음)

감독님께 먼저 질문드릴게요. 〈말죽거리 잔혹사〉부터 〈비열
한 거리〉까지 강남은 감독님에게 큰 의미가 있는 것 같은데요.
지금 저희가 알고 있는 강남과 감독님이 기억하시는 그 시절의
강남은 많이 다르죠?

유하 ｜ 네, 제가 시인으로 활동하던 때부터 강남 이야기를 계속

하게 됐는데 저도 왜 그럴까 하고 생각을 해봤어요. 아무래도 유년시절에 누구나 핵심이 되는 체험이 있는데, 제가 1974년에 강남에 처음 이사를 왔거든요. 그때의 문화적 충격이 계속 제 뇌리에 남아 있기 때문에 시에서나 영화에서나 강남의 흔적이 부각되는 게 아닐까 싶습니다.

박지윤 | 네, 그렇다면 〈강남 1970〉은 어떤 영화인지 감독님께 직접 소개를 듣고 싶네요.

유하 | 네. 사실, 너무 흔한 말일 수 있는데요. 지금 우리의 현실은 땅을 열심히 일궈서는 땅을 갖지 못하고, 올바르게 살아서는 손해를 보게 되는 세상입니다. 〈강남 1970〉은 그 당시의 땅 투기 광풍과 정치권의 결탁 등을 보여주고 있는데요, 그 시절을 통해 우리 현실 속의 천민자본주의적인 속성을, 그 단면을 한번 반추해보고 싶어서 이 작품을 만들게 됐습니다.

박지윤 | 이전 작품에서도 그랬듯이 어떤 화려한 액션과 드라마를 넘어서 사회를 관통하는 메시지까지 담고 있는 영화가 아닐까 하는 기대감이 드는데요. 이런 〈강남 1970〉에 세 분의 배우가 출연하게 된 계기와 각각의 스토리도 궁금하네요. 한 분씩 대

화 나눠보죠. 우선 이민호 씨, 드라마 〈상속자들〉 때문에라도 수많은 러브콜이 있었을 텐데요. 이 영화를 선택하신 이유가 있다면 어떤 걸까요?

이민호 │ 저는 소위 '재벌남' 같은 캐릭터들을 많이 해와서인지 '현대의 강남' 느낌이 나는 배우 중 하나라는 이야기를 많이 들었어요. 그랬던 제가 지금의 강남이 있기 전인 1970년대의 캐릭터를 맡아서 그때의 강남을 배경으로 작품을 한다면 굉장히 신선하지 않을까 하는 생각을 했어요. 만약 영화를 하게 된다면 특별한 메시지가 있는 좋은 영화를 하고 싶었고요. 그러던 중에 유하 감독님과 첫 영화를 할 수 있어서 좋았고요. 그분이라면 어떤 시나리오, 어떤 신을 찍어도 좋은 작품이 나올 거라는 믿음 때문에 시작을 하게 됐습니다.

박지윤 │ 기존에 〈꽃보다 남자〉나 〈상속자들〉에서 여심을 많이 흔드셨잖아요. 그 느낌을 기억하시는 분들이라면 신선한 충격, 신선한 매력을 느낄 수 있을 거라는 생각이 듭니다. 이번에는 김래원 씨에게 질문드릴게요. 조직의 중간보스 역할답게 굉장히 카리스마가 느껴지고요. "나 예전의 백용기 아니야" 하는 부분에서 정말 멋있다는 생각이 들었습니다. 이 영화를 선택하신 이유는 어떤 걸까요?

김래원 | 제 또래의 배우들이라면 누구나 유하 감독님 작품에 출연하는 것을 한 번쯤 꿈꿀 거예요. 저도 그중 하나였고요. 그리고 시나리오를 받아들고 백용기라는 캐릭터가 굉장히 매력적이라고 느꼈습니다. 그리고 1970년대 강남이 개발되던 이야기가 사실이든 아니든 저한테는 굉장히 흥미로웠어요. 그래서 출연하게 됐습니다. 조금 더 재미있는 얘기는, 제가 시나리오를 본 이후에 감독님을 뵈러 가서 캐릭터에 대해 이것저것 궁금한 것들을 여쭸거든요. "백용기라는 인물이 현실적이긴 한데 관객들이 공감하고 이해하기에는 좀 어렵지 않을까요?" 하고요. 너무 난폭하거나 폭력적이지는 않은지, 그런 류의 질문을 감독님에게 드렸는데 감독님은 딱 한마디로 제게 확신을 주셨어요. '백용기는 건달입니다'라고. 그 짧은 한마디가 크게 와 닿았어요. 그전에도 저는 감독님 팬으로서 큰 믿음이 있었지만 그때 백용기에 대한 자신과 확신이 생겼습니다.

박지윤 | 그래서 철저히 건달이 되기로 마음을 먹으셨군요. (웃음) 그 모습, 영화 속에서 확인하도록 할게요. 정진영 씨께 질문 드리겠는데요. "난 네가… 없이 살아도 사람답게 살았으면 좋

겠다"라는 대사 한마디로 어떤 캐릭터인지 짐작이 됩니다. 특히 정진영 씨는 〈왕의 남자〉, 〈7번 방의 선물〉 두 작품이나 천만 관객 영화에 올려놓은 배우세요. 그런 정진영 씨가 선택한 〈강남 1970〉은 어떤 영화일까요?

정진영 | 〈강남 1970〉. 저는 짧게 이야기할 수 있어요. 아주 멋있는 영화라고. 멋있는 영화입니다. 제가 대본을 받았을 때는 감독님 작품이라는 얘기를 듣고 기대하면서 시나리오를 읽었는데 한달음에 읽혔습니다. 아주 잘 쓰여 있었고 깊이가 있었어요. 제게 주신 배역도 아주 멋진 배역이었고요. 그래서 '아, 이건 정말 하고 싶다'라는 마음을 갖고 감독님을 만나 뵀죠. 그래서 저는 지금 이 순간이 굉장히 행복합니다.

박지윤 | 이렇게 네 분이 앉아 계시니 비주얼이 대단한 것 같아요. 세 분 모두 선이 굵은 배우들인데 묘하게 서로 어울리기도 하고요. 이렇게 멋진 세 분이 단 한마디로 감독님에 대한 믿음과 확신, 시나리오를 보자마자 결정했다고 말씀하시니까 감독님 입장에서도 흐뭇하실 텐데요. 감독님이 세 분을 선택하신 데는 나름의 이유가 있을 것 같습니다.

유하 | 사실 민호 씨 같은 경우에는 좀 외압이 있었어요. (웃음) 조인성 씨 때도 그랬는데. 저희 아내가 이민호 씨 팬이거든요. 이민호를 꼭 써야만 한다는 세뇌와 압력 때문에 집에서 힘들었습니다. 제가 한 2년 시달리다 보니까 저도 어느 순간에 이민호 씨랑 하는 게 숙명인가보다 하고 생각했죠.

이민호 | 감독님이 원래 저를 별로 안 좋아하셨다고 하더라고요. (웃음)

박지윤 | 외압이라기보다는 내압이네요. 2년간의 지속적인 세뇌를 통해서. (웃음)

유하 | 사실 처음에 이민호 씨를 〈꽃보다 남자〉에서 봤을 땐 좀 느끼했거든요. (웃음) 좀 빈구석도 있어야 하는데 너무 잘생겨서 만화 캐릭터 같았어요. 사실은 저희 〈강남 1970〉에서도 넝마주이 역할로 처음에 시작을 하는데. 이민호 씨가 과연 넝마주이 역을 소화할 수 있을까, 하고 고민이 되었죠. 그런데 제가 그동안 꽃미남 배우들이랑 일하면서 이미지를 확 바꿀 때 상당히 효과가 있었거든요. 이민호 씨 같은 경우도 상속자, 재벌 2세, 상류층 자제로 많이 나왔는데 180도로, 밑바닥 인생으로 떨어트려 보면

재미있겠다 싶었어요. 그래서 이민호 씨를 캐스팅하기로 마음먹었죠.

박지윤 | 김래원 씨 같은 경우는 밀크남이라고 하죠? 자상하고 부드러운 남자의 대명사인데 〈강남 1970〉에서는 180도 다른 연기를 하게 되신 것 같아요. 김래원 씨를 선택하신 이유는 어떤 걸까요?

유하 | 래원 씨는 사실 예전에 제가 한번 구애를 했었어요. 제가 한번 차인 적이 있는데, 이번에는 어떻게 함께하는 행운을 안게 됐습니다. 래원 씨는 워낙 연기가 안정적이기도 하고, 굉장히 순박한 이미지도 있지만 눈매에 약간 의뭉함이나 비열함 같은 것도 있고. (현장 웃음) 그런 느낌이 용기 역에 잘 맞겠다 싶어서 제가 구애를 한 거죠.

김래원 | 칭찬이죠?

박지윤 | (웃음) 이거 어떻게 생각하세요? 의뭉한 눈빛이라는 단어가 나왔거든요. 김래원 씨는 이의 없으신가요?

김래원 | 어렵네요. (웃음) 사전 한번 찾아봐야 될 것 같아요. 자세히.

유하 | 배우한테 복합적인 눈빛이 있다고 하는 거니까 칭찬이지요.

김래원 | 감사합니다.

박지윤 | 정진영 씨는 이 영화에서 따뜻함과 거침, 두 가지를 보여주셔야 하는 역할인데, 연기력에 대한 믿음 때문에 선택하신 거겠죠, 감독님께서는?

유하 | 정진영 씨야 워낙 자타가 공인하는 연기자이고, 사실은 이 길수라는 캐릭터가 논두렁 깡패로 나오기는 하지만 한편으로는 아버지로서의 자상함과 아우라가 필요한 역할이었어요. 정진영 씨야말로 두 가지 면을 다 가지고 있다고 생각해서 주저 없이 캐스팅을 하게 됐습니다.

박지윤 | 많은 분들이 공감하실 거라는 생각이 드네요. 영상을 보니 액션 얘기를 하지 않을 수가 없는데요. 흔히 액션이라고 하

면 합을 맞춘 액션 있잖아요? 탁, 타다닥 하는 그런 느낌이 있는 액션이 있는 반면 이 영화는 보는 내내 '진짜 목숨을 건 싸움이구나' 하는 느낌이 들었거든요. 그만큼 배우들의 노력이 대단했을 것 같은데 무술 연마를 위해서 이민호 씨는 항상 누군가를 동행하셨다고 해요. 어떤 분하고 그렇게 같이 다니셨어요?

이민호 | 사실은 영화 크랭크인을 하기 전에 제가 해외 스케줄이 굉장히 많았어요. 액션스쿨에 매일같이 출근을 해서 연습을 해도 모자란 상황에 스케줄이 많았기 때문에 항상 액션팀이 동행하셔서 해외에 있는 동안에도 꾸준히 연습을 했습니다.

박지윤 | 연습을 하지 않으면 불안할 정도로 그런 심리적 압박이 있었나요?

이민호 | 불안하죠. 감독님한테 계속 전화 오고요. (웃음) "어디니?" 하고 전화 오고요. 체크를 안 하시는 것 같아도 늘 신경 쓰고 계시기 때문에 조금이나마 준비를 해왔어요.

박지윤 | 김래원 씨는 어떠세요? 앞서 캐릭터 설명하실 때 살인도 서슴지 않는 역할이라고 설명하신 만큼 거칠고 위험한 장면

도 많았을 것 같은데 어떻게 준비하셨나요?

김래원 │ 오히려 민호 씨가 맡은 종대라는 인물이 액션이 굉장히 치열하고 힘들었고요. 저는 그렇게 특별히… 현장에서 모든 배우들이 다 액션 신 때문에 힘들었지만 저는 특별히 힘든 건 없었습니다. 다치지 않을 만큼의 준비운동 정도? 액션 신이라면 보통 화려한 액션을 생각하잖아요? 저는 뒷마무리 정도. (웃음)

이민호 │ 장비를 쓰시잖아요?

김래원 │ 무기를 이용해서 마지막에 정리하는 느낌. 주로 그쪽을 제가 맡아서 큰 어려움은 없었습니다.

박지윤 │ 그래서 약간 비열함이 느껴질 수 있는? (웃음)

김래원 │ 굉장히 비열하죠. (현장 웃음)

박지윤 │ 비열한 액션, 여러분 기대해주시기 바랍니다. 정진영 씨의 극중 닉네임이 '강도끼'예요. 정통 액션영화 오랜만이지 않으세요?

정진영 │ 그렇죠. 오랜만에 했어요. 제가 배우로서 얼굴이 알려지게 된 것도 〈약속〉이라는 영화에 출연하면서였습니다. 그 영화에서 조폭이었고 건달이었죠, 직업이. 그래서 그 뒤에도 액션영화를 몇 개 했더니 제가 액션을 잘하는 줄 아시는데 사실은 잘 못해요. 그리고 몸도 안되고, 뭐 더군다나 오십 넘어가니까 옛날에 다리 부러졌던 게 후유증이 이제 나타나는 거예요. 그래서 관절 안 좋지, 어깨는 안 움직이지. (웃음) 근데 이 영화에서 다행히 제가 맡은 액션은 멋있는 액션이 아니라 생계형 액션이었어요. 도끼를 휘두르는. 그래서 한다고 했는데 쉽지는 않았습니다. 감독님한테 많이 혼나고, 좀 더 멋있게 해야 했는데. 아무튼 다행인 것은 저는 막 날아다니는 역할이 아니거든요. 땅에 두 발을 디디고 휘두르는 거니까 그나마 좀 편하게 했습니다.

박지윤 │ 여기서 영화 관람 포인트가 나온 것 같습니다. 이민호 씨의 날아다니는 멋진 액션, 장비를 사용하는 김래원 씨의 비열한 액션, 그리고 정진영 씨의 생계형 액션. 여러분 지켜봐주시고요. 이 액션 연기를 위해서 정말 땀을 쏟으셨을 그 현장이 궁금하지 않으세요? 치열했을 그 현장 속으로 한번 들어가볼까 하는데요. 〈강남 1970〉의 캐릭터 메이킹 영상 보신 후에 더 자세한 얘기 나누겠습니다.

[캐릭터 메이킹 영상 상영]

박지윤 | 메이킹 필름을 보니까 〈강남 1970〉에 더 빠져들게 되네요. 감독님은 이민호 씨의 액션이 타고난 것 같다고 말씀하셨죠?

유하 | 아주 만족스럽진 않았습니다. (웃음) 더 잘할 수 있었는데.

박지윤 | 어떤 점이 부족했을까요?

유하 | 약간 엄살이 많아요. (웃음)

박지윤 | 발톱이 빠졌는데도 마취주사까지 맞고 촬영했다는 것으로 보아 엄살은 없을 것 같은데요?

유하 | 뭐 그렇게 큰 액션을 해서 빠진 게 아니고요. 식사 하러 가다가 빠지고 뭐 이러니까. (웃음) 농담이고요. 사실은 이민호 씨 같은 경우는 제가 그동안, 권상우 씨도 액션을 잘하고 조인성 씨도 액션을 잘하는 배우라고 생각했는데… 이 친구는 특히 습득 능력이 굉장히 빨라요. 제가 〈상속자들〉 촬영 전에 만났을 땐 3개월 동안 해병대에 다녀온다고 그랬거든요. 그런데 〈상속

268

자들〉이 뜨면서 중국으로 가더라고요. 해병대로 안 가고. 그래서 사실은 훈련시간이 아주 많지는 않았어요. 그 와중에 이 정도를 해낸 걸 보면 정말 해병대를 갔다 왔으면 날아다녔을 것이다, 하는 아쉬움이 좀 있죠.

박지윤 | 감독님, 이렇게 재미있으신 분인데 다음에는 코믹장르에 도전해보시는 건 어떠세요? 다음 작품 기대하고 있겠습니다. (웃음)

유하 | 〈강남 1970〉에도 코믹 요소가 많이 있습니다. (웃음)

박지윤 | 네, 코믹 요소도 기대해보겠습니다. 이민호 씨 정말 밥 먹으러 가다가 발톱이 빠지셨어요? 액션 연기 하다가 빠졌으면 자랑할 수 있잖아요. 이렇게 열심히 한다고.

이민호 | 몇 번 다치기는 했는데 큰 액션을 하다 다치는 건 아니고 예를 들면 뒤로 구르다가 다친다거나 하는 상황이었습니다.

박지윤 | 발톱이 빠졌을 때 상황 좀 얘기해주세요. 발톱이 빠졌는데도 촬영은 해야 되잖아요. 힘들지 않으셨어요?

이민호 ｜ 발톱이 빠져서 당일은 못 했고요. 다음 날부터 한 사흘 동안 주사 맞고 촬영에 들어갔어요.

김래원 ｜ 그 이튿날부터는 계속 발톱이 들려 있는 상태에서 마취가 풀리면 병원 가서 진통제 맞고 와서 또 촬영하고 했죠. 그러다가 마취가 풀려서 굉장히 고생을 했어요.

박지윤 ｜ 네, 사실 우리가 상상할 수 있는 고통 중에서도 극심한 고통이잖아요. 그걸 이겨냈다는 것만으로도 참 대단한 투혼이라는 생각이 듭니다. 이민호 씨에게서 멋을 빼내기 위해 애쓰셨다는 감독님의 말씀도 인상적이었습니다. 사실 타고나길 잘 타고난 사람들의 이야기가 아니라 정말 힘든 상황에 있는 사람들, 그리고 1970년대이기 때문에 의상도 굉장히 중요했을 것 같은데요. 이민호 씨는 어떠세요. 〈상속자들〉에서도 그렇고 귀티 나는 의상만 입다가 촌스럽고 없어 보여야 하는 상황이 힘들지는 않으셨나요?

이민호 ｜ 요즘에 〈상속자들〉 재방송을 많이 해주더라고요. 그걸 보면 확실히 1년 전이긴 하지만 좀 어려 보이더라고요. 이 작품을 하면서 6개월 만에 지인들을 만났어요. 그랬더니 왜 이렇게 늙었냐? 하는 얘기를 많이 하시더라고요. 아직 회복기에 있는 것 같아요. 다시 어려지려고 많이 노력하고 있습니다. (웃음)

박지윤 │ 이민호 씨의 패션이 멋을 안 내는 데에 중점을 둔 패션 이라면, 김래원 씨를 보니 나름 1970년대 멋쟁이는 이런 모습이 아니었을까 싶어요. 화려한 프린트나 수트 그리고 선글라스가 인상적이었거든요? 김래원 씨는 그 느낌이 잘 표현됐다고 생각 하세요?

김래원 │ 네, 감독님이 정해주신 대로 잘 입었습니다. 사실, 제 개인 욕심에 다 좋지는 않았는데요. 감독님을 철저히 믿었기 때 문에 주시는 대로 입었는데, 왜 그랬는지 나중에 화면 보고 나서 알겠더라고요.

박지윤 │ 당시에는 촌스럽다는 느낌이 드셨나요? 의상이 마음 에 안 드셨어요?

김래원 │ 특별한 거부감은 없었어요. 제가 용기를 연기한 입장 에서는 그게 중요한 게 아니라고 생각했기 때문에.

박지윤 | 반대로 1970년대에 트렌드가 있었다면 이 남자의 모습이 아닐까 하는 부분도 관객분들이 느끼실 수 있을 것 같아요.

김래원 | 네, 맞습니다. 감독님도 그렇게 말씀하셨고요.

박지윤 | 정진영 씨의 깃 넓은 셔츠도 매우 인상적이었어요. 메이킹 영상을 보니까 이민호 씨와 정말 부자지간인 듯 잘 어울린다는 느낌이 들었거든요? 배우들과 많은 시간을 함께하시면서 현장 분위기는 어땠는지 좀 전해주세요.

정진영 | 남자들이 많이 나오는 영화잖아요. 조직의 이야기이고, 그러다 보니까 분위기가 화사하지는 않았어요. 오로지 믿을 게 우리 딸로 나온 설현이. 아까 춤추는 장면 나왔죠?

박지윤 | 네, 굉장히 흐뭇해하시더라고요.

정진영 | 거기서 오죽했으면 걔가 춤을 췄겠어요, 거기서. (웃음) 근데 영화 자체가 굉장히 묵직한 이야기이고 진지한 이야기이다 보니까 현장이 굉장히 차분했어요. 감독님의 연출 스타일이 굉장히 조용하게 진득하게 하시는 스타일이거든요. 그래서 조용

한 현장에서 상당히 진하게 촬영하는 그런 풍경이었어요. 기본적으로 우리 스태프들이나 또 감독님이나 서로를 믿는 마음이 있기 때문에 힘든 촬영 여건이었지만 아주 기분 좋게 즐겁게 찍었습니다.

박지윤 | 그렇다면 이쯤에서 사진을 보면서 스틸토크 타임을 가져 보도록 할게요. 이민호 씨, 김래원 씨, 정진영 씨. "〈강남 1970〉 속의 캐릭터 종대, 용기, 길수 이것까지 해봤다!" 저희가 사진을 준비해봤습니다. 첫 번째 사진 보여주시죠.

[종대 배드민턴 스틸]

박지윤 | 네, 때 아닌 배드민턴입니다. 아니 현장에서 밤샘 액션 촬영도 힘든데 그렇게 밤낮으로 운동을 하셨다고 해요. 배드민턴은 왜 치신 거예요?

이민호 | 제가 얼굴이 너무 잘 부어요. 간이 안 좋은지 딱히 뭘 먹지 않아도 얼굴이 부어요. 그래서 한번은 촬영을 하는데 감독님이 (웃음) 모니터 보시더니 "너 어제 뭐 먹었냐?" 그러시는 거예요. 사실 그 전날 불닭볶음면을 먹었거든요. 먹고 나서 촬영을

접었던 적이 있을 정도로 얼굴이 잘 붓는데. 그래서 아침마다 배드민턴을 쳐서 땀을 흘리며 붓기를 많이 빼려고 노력했어요.

박지윤 | 고뇌를 담아야 하는데 얼굴이 부어 있으면 느낌이 안 사니까. 그런 고충 때문에 운동을 하셨군요. 저는 운동을 좋아하셔서 촬영장에서 배드민턴을 치셨나 했어요. 촬영을 중단해야 할 정도로 많이 부어 있던가요, 감독님?

유하 | 좀 더 잘생기게 나오게 하고 싶어서 제가 욕심을 좀 부렸습니다. 사실 민호 씨 같은 경우에는, 제가 1970년대에 알랭 드롱을 굉장히 좋아했거든요. 근데 그 알랭 드롱을 연상시키는 부분이 있어요. 〈태양은 가득히〉에 나오는. 너는 이제부터 알랭 드롱이다 하고 보니까 알랭 드롱은 이렇게 부어 있지 않잖아요. (일동 웃음) 그래서 배드민턴을 시켰습니다.

박지윤 | 네, (웃음) 그런 고충이 있었다는 사실도 알아주시길 바랍니다. 그러면 두 번째 사진 만나볼까요?

[용기 15킬로그램 스틸]

274

박지윤 | 아, 15킬로그램. 딱 어떤 노력인지 사진만으로도 느껴지네요. 보통은 식스팩을 유지하기 위해 촬영 중간중간에 남자 배우분들이 운동을 하시잖아요. 감량의 노력이었던 걸까요?

김래원 | 네. (웃음) 제가 예전에 체중이 많이 나갔던 사진도 아직 인터넷에 남아 있긴 한데. (웃음) 백용기라는 역할이 날카롭고 짱짱하고 좀 비열해 보이려면 아무래도. 그리고 넝마주이부터, 배고픈 시절부터 시작하기 때문에 체중 감량이 필요하다고 감독님께서 말씀하셨어요. 날카로운 눈빛도 체중 감량을 하면 도움이 될 것 같아서 운동하고 식단을 관리했습니다. 그리고 저 사진은 김밥 먹는 신인데요. 상의 탈의가 있어서 약간 민망하긴 한데 대부분의 배우들이 노출 신 전에 저 정도의 운동은 합니다. (웃음)

박지윤 | 한 달 만에 15킬로그램 감량, 쉬운 일이 아니잖아요. 나름의 다이어트 팁이 있을까요?

김래원 | 아니요. 특별한 건 없었어요. 그냥 운동하고 식단 관리하고… 부럽죠? (웃음)

박지윤 | 독하다 이 남자. 부럽네요. 한 달 만에 15킬로그램 감량. 날카롭고 배고픈 그 눈빛, 영화 속에서 저희가 직접 확인해 보도록 하겠습니다. 정진영 씨 사진은 어떨지 궁금한데요. 만나 보시죠.

[길수 도끼 스틸]

박지윤 | 아, 도끼. 도끼를 드신 모습이 꽤나 잘 어울리세요. (웃음) 길수가 되기 위해서 정진영 씨는 어떤 노력을 하셨나요?

정진영 | 기본적으로 저도 몇 번의 액션을 해야 되니까. 근데 아까 말씀드린 대로 제가 액션을 잘… 남자 배우들은 대부분 액션을 좋아하고 로망이라고 하는데 전 별로 안 좋아해요, 액션을. 어렸을 때 태권도장도 안 다녀봤고 작품할 때는 준비도 하고 그러는데, 이번에는 시간이 좀 부족했어요. 먼저 약속한 드라마도 찍고 있었고 몸이 여기저기 아프니까, 특히 어깨가 안 움직여서 이게 방법이 없더라고요. 시간이 없으니까 그래서 병원을 가서 어떻게 좀 해달라고 했더니 주사를 놓으니까 안 아프더라고요? 그래서 휘둘렀죠. (웃음) 그게 결국엔 나중에 무리가 오는 거라고 하는데 일단은 찍어야 하니까. 아무튼 도끼를 휘저었어요. 그런

데 모르겠어요. 영화 속에서 어떻게 보일지 궁금은 합니다. 저는 액션이 위주가 아니라 건달이라는 직업을 가진 아버지라는 생각으로 연기를 했고, 그래서 되는대로 했는데 감독님이 많이 불만스러우셨을 거예요. 액션을 좀 멋있게 해야 되는데.

박지윤 | 정진영 씨의 액션 연기, 불만스러우셨어요, 감독님?

유하 | 생각보다 잘하시더라고요. 처음에 아예 기대를 안 했으니까. (웃음)

박지윤 | 기대치가 낮았군요. (웃음) 마지막 사진 만나볼까요?

[진흙탕 액션 스틸]

박지윤 | 아, 대단합니다. 촬영 일주일, 물 800톤, 엑스트라만 150명이 소요된 엄청난 액션 신! 저는 잠깐 영상을 통해 만나보면서 대한민국 액션에 한 획을 긋지 않을까 하는 생각이 들었어요. 엄청난 노력과 정성을 기울이셨다고 들었는데 이 장면을 어떻게 구상하셨고 촬영을 이어나가셨는지 들려주세요. 제가 듣기로는 배우들이 다 죽을 뻔했다고 들었는데요.

277

유하 │ 저도 죽을 뻔했습니다. 근데 아무래도 땅 얘기이다 보니까 황톳빛 땅에서, 그 안에서 인간의 땅에 대한 욕망, 죽음, 탄생 여러 가지 것들을 담고 싶었어요. 저런 황무지, 그러니까 붉은 황토가 있는 땅을 찾기가 쉽지 않더라고요. 그래서 저희가 직접 만들어서 일주일 정도 촬영을 했습니다. 일주일 내내 비가 올 수 있는 상황이 아니어서 땅보다 오히려 하늘을 많이 보고 찍었던 기억이 나요. 더군다나 아까 제가 농담 비슷하게 얘기를 했지만 민호 씨 같은 경우에는 진통제를 맞아가며 7일 동안 찍었기 때문에 저한테는 어떤 한계 상황이 늘 주어졌어요. 진통제가 풀리기 직전까지. 그래서 굉장히 노심초사했어요. 배우도 그렇지만 저도 진통제가 풀리기 전에 다 찍어야 했죠. 여러 가지 제약으로 많이 쫓겨 가며 여러 배우들이 고생했는데, 아마 이 영화를 찍으면서 가장 고생한 신이 아닐까 싶습니다. 제가 구상했던 건 죽음의 카니발이랄까? 그런 생각을 했는데 그런 이미지가 어느 정도 담긴 것 같아서 개인적으로는 어느 정도 만족하고 있습니다.

박지윤 │ 이 영화의 하이라이트가 되지 않을까 싶어요. 많은 스태프와 감독님과 배우들의 고뇌가 묻어나는 장면. 관객들에게도 충분히 전달이 되리라 생각을 합니다. 캐릭터를 살리기 위해서는 참 다양한 준비가 필요하네요. 언뜻언뜻 보이는 액션뿐만 아

니라 깊은 눈빛과 드라마도 관객들에게 큰 감동을 선사할 것 같
고요. 참석하신 기자분들도 하나둘씩 궁금증이 생기셨으리라 생
각이 듭니다. 질의응답 시간 갖도록 하겠습니다.

[기자 질의응답]

박자윤 | 첫 번째 질문은 기자님들 준비하시는 동안 제가 감독
님께 드려볼게요. '유하 감독의 남자'라는 말이 있을 정도로 권
상우 씨, 조인성 씨 두 배우를 비롯해 많은 남자 배우들에게서
최대치의 매력을 끌어내신다는 평가를 듣고 계신데. 이번에 이
민호 씨, 김래원 씨를 캐스팅하신 후에 이 배우분들에게는 어떤
걸 끌어내고 싶으셨나요?

유하 | 제가 끌어낸다고 끌어내지는 건 아닌데요. 개인적으로
저는 포텐셜(potential)이 있는 배우들하고 일하는 걸 즐기는 편입
니다. 민호 씨 같은 경우는 그동안 트랜디한 역할만 하다가 여
기서는 상당히 원초적이고 폭력성과 순박함이 공존하는 인물로
나오죠. 민호 씨는 감정절제가 있는 가운데 눈빛이 굉장히 깊어
요. 그래서 깊은 눈빛이 영화에 잘 투영되지 않았나 싶고요. 래
원 씨 같은 경우는 사실 그동안 〈해바라기〉 같은 영화도 했었고

요. 굉장히 좋은 프로타고니스트 역할들을 많이 했는데 여기서는 약간의 안타고니스트적인 성향이 있는 인물로 나오거든요? 그래서 그동안의 이미지를 완전히 전복시켰을 때 어떤 에너지를 가질 수 있겠다 싶었는데 이번에 제대로 포텐이 터진 것 같은 생각이 듭니다.

Q. 두 주연배우분들에게 가벼운 질문드리고 싶은데요. 잘생긴 두 배우가 나온다는 것만으로 남남 케미가 기대되는 영화인데요. 실제로 촬영하면서 서로 질투 같은 것은 없었는지, '이런 점은 배우고 싶었다' 하는 점이 있었는지 궁금합니다.

이민호 │ 생각보다 저희가 많이 만나진 않았어요. 그렇죠? 처음에 넝마주이 때 시작을 같이해요. 같은 고아 출신에 친형제 같은 존재로 시작을 했다가 중반부 이후에 재회하기 때문에 생각처럼 그렇게 영화 안에서 만나진 못했고. 그리고 래원이 형 같은 경우에는 제가 진짜 완전 아기 때부터 열아홉, 스무 살 때부터 존경하던 선배이자 형이었거든요. 어쨌든 한 9년? 9년이 지나서야 이렇게 작품에서 만나게 됐는데. 질투 같은 걸 할 수 있는 그런 존재가 아니에요. 범접할 수 없는 형입니다.

김래원 | 저희 넝마주이 때 한 이불 덮고 같이 자는 장면이 있어요. 그런 장면들 때문에 서로 부대끼면서 얘기도 많이 나눴죠. 배워야 할 점들도 정말 많은 것 같아요. 해외 일정들도 많은데 중간중간에 촬영 들어와서 작품에 몰입하는 그 열정을 보고 저도 한번 다시 피가 끓었어요. 후배 앞에서 동생 앞에서 더 열심히 해야겠다는 자극이 돼서 좋았고요. 사이가 너무 좋은데 극중의 연기 때문인지 가끔은 감독님이 싸움을 붙이려는 의도를 저는 살짝 느꼈거든요. 그것만 아니었으면 더 좋았을 텐데.

이민호 | 그러셨어요, 감독님? (웃음)

유하 | 그런 적은 없는데. (웃음) 근데 원래 남자 배우들이 더 질투를 많이 해요. 근데 이 두 배우는 제가 보기에도 굉장히 사이가 좋았습니다. 서로 경쟁하지도 않고 오히려 저는 좀 경쟁했으면 좋겠는데. 그리고 이민호 씨는 성격도 상당히 대륙풍이에요. 중국에서 그래서 인기가 많은 것 같은데. 굉장히 호방하고 남을 질투할 줄 모르는 성격입니다.

박지윤 | 다 가진 두 남자이기 때문에 서로에 대한 질투보다는 그 열정이 끓어오르는 계기가 된 작품이 아닌가 하는 생각이 듭

니다. 정진영 씨는 뭐 끓어오르는 것 없으셨어요? 두 배우와 작업하시면서?

정진영 | 끓어오르는 거요?

박지윤 | 네, 새롭게 받은 자극이라든가.

정진영 | 그런 건 없어요. 워낙 두 배우가 착해요. 착하고 작업에 열심이고. 이 영화를 보시면 이들의 선함이 영화 속에 굉장히 진하게 나오거든요? 그 정성이 다 보이실 거예요.

Q. 먼저 김래원 씨에게 질문을 드리면 유하 감독님이 제안을 주셨을 때 처음에 한번 거절했다고 하셨는데 그 이유와 다시 작품에 참여하게 된 계기가 궁금하고요. 그리고 이민호 씨는 아까 영상에서 설현이 춤추는 걸 보면서 굉장히 즐거워 보이셨는데 같이 연기하면서 어떤 재미있는 에피소드 있으셨는지 궁금합니다.

김래원 | 거절은 제가 한 건 아니고요. 이번 작품이 아니고 아주 오래전에 감독님 작품 중에 저한테 제안 주신 게 있었나 봐요.

저도 사실은 몰랐어요. 그랬다면 제가 거절할 이유가 없었고요. 그때 당시에 다른 아마 작품이 있어서 본의 아니게 그렇게 말씀드렸던 것 같고요. 그리고 이번 작품은 사실 주인공이긴 하지만 종대라는 인물 뒤에 있는 역할이거든요. 그럼에도 저는 이 역할이 탐났고 하겠다고 했는데 오히려 선택권은 저한테 없었던 것 같아요. 솔직히 말씀드려서, 감독님이 저를 보시고 같이 얘기도 나누고 하면서 용기 역할을 할 수 있겠구나 하는 확신이 생기셨는지 감독님이 오히려 저한테 답을 주셨어요.

이민호 | 네, 일단 저 날은 굉장히 즐거웠던 날인 것 같아요. 정말 저렇게 (웃음) 6개월 동안 환하게 웃었던 적이… 사실은 캐릭터 영향이 가장 컸던 것 같은데. 저 같은 경우는 영향을 많이 받는 편이에요. 그래서 저 날만큼은 마음껏 웃을 수 있었던 날인 것 같고 설현이 같은 경우에는 눈빛이 굉장히 슬픈 구석이 있어요. 그래서 개인적으로 물어봤어요. 혹시 집안에 우환 있느냐고, 근데 부모님 사이가 좋으시고 밝은 가정에 예쁜 아이이더라고요. (웃음)

Q. 이민호 씨에게 질문드리겠습니다. 드라마에서는 많이 봤는데 첫 주연으로 영화 작업을 하신 소감이 궁금합니다.

이민호 | 일단, 부담감이나 그런 것들에 대해서는… 제가 이십 대 후반이 되어서 내가 한 영화를 책임질 수 있는 정도의 시기가 오면 영화를 하고 싶었어요. 그런 마음의 준비도 필요했고, 나이로도 스물여덟이면 이십 대 후반에 완연하게 접어들었기 때문에 더 작품에만 집중할 수 있었어요. 그래서 드라마 현장과는 다르게 한 신 한 신 더 집중해서 찍을 수 있는 여유도 있고 해서 너무 좋았고요. 다만, 감독님한테 한 가지 죄송한 것은 이 자리에서 고백하지만 감독님 모르게 해외 스케줄 갔다 온 것도 꽤 되거든요. (웃음) 그래서 그런 것들만 없었다면 정말 감독님이 저한테 기대하시는 것만큼, 그 이상으로 훨씬 더 잘해내는 모습을 보여드릴 수 있었던 게 아닌가 싶어서, 어느 정도에 그친 것 같아서 그런 점이 좀 아쉽습니다.

Q. 유하 감독님과 김래원 씨에게 질문드리고 싶습니다. 죽음의 카니발이라고 하신 장면을 보면 〈비열한 거리〉에서 진흙탕 싸움 신하고 굉장히 비슷해 보이거든요. 어떤 영향이 있었는지 궁금하고, 김래원 씨는 〈해바라기〉 캐릭터랑 비슷하면서도 다른데 어떤 차이점을 두셨는지 궁금합니다.

유하 | 〈비열한 거리〉 같은 경우에는 굴다리에서 싸웠던 장면

인데. 어떻게 본의 아니게 아무래서 흙에서 싸우는 상황이라 이미지가 비슷한 부분이 있었습니다. 사실은 〈비열한 거리〉도 터널에 흙이 없었는데 제가 황토 흙을 좀 넣어서 세팅을 해서 찍었던 것 같아요. 제가 아무래도 촌놈이다 보니까 흙을 좀 좋아하는 것 같습니다. 이번 영화는 그것보다는 좀 더 스케일이 크고요. 실제로 무덤, 공동묘지를 재연해서 찍은 장면입니다. 또 여기서는 비가 내리고 약간의 이미지가 비슷할 뿐 스케일이나 스타일이나 여러 가지 면에서는 다를 것 같습니다.

김래원 | 네, 〈해바라기〉 영화의 오태식이라는 인물과는 많이 다릅니다. 오태식이라는 인물은 난폭함을 아주 가슴 깊숙이 본인도 모르게 숨기고 살아가는 순수하고 착한 청년이고요. 〈강남 1970〉의 백용기는 그냥 제 생각에는 태생부터 생활 자체가 난폭함이 있는, 비열함이 처음부터 있는 인물인 것 같습니다.

Q. 정진영 씨와 이민호 씨께 질문드릴게요. 정진영 씨는 〈국제시장〉에 이어서 〈강남 1970〉까지 아버지 역할을 맡으시잖아요. 영화 속 아버지로 살아가는 건 어떤 느낌인지 답변 부탁드리고요. 이민호 씨 같은 경우는 아까 영상에서 1970년대가 이민호한테는 사극이라는 말이 재미있었는데요. 연기하면서 1970년대

를 느꼈을 때 재미있었던 경험이나 신기했던 게 있으셨나요.

정진영 | 제가 질문을 제대로 이해했나 모르겠는데 아버지라는 감정은 제가 실생활에서도 아버지이고, 청소년 아들을 둔 아버지라서 그 감정은 제게 굉장히 익숙하고 제가 좋아하는 감정이에요. 그래서 아버지를 연기할 때 굉장히 투명해진다는 생각이 들어요. 일부러 뭘 꾸미려고 하지 않아도 그 마음이 담기기 때문에 제가 연기할 때 아주 좋아하는 감정이죠. 그러고 제 나이가 계속해서 아버지 역할을 맡을 나이가 됐어요. 〈왕의 남자〉까지만 해도 팬들이 저를 삼촌이라고 불렀는데 이제는 아버지라고 부를 것 같습니다. 나중에 할아버지라고 불리는 그 시절이 되면 정말 행복할 텐데 그때까지 배우를 잘 할 수 있을지 모르겠습니다.

박지윤 | 종대야 하고 부르시는 장면이 참 인상 깊었는데요. 그 장면에서 관객분들도 진한 아버지의 감성을 느끼실 것 같아요. 이민호 씨 70년대를 느끼면서 컬쳐쇼크 받으신 것 없으세요?

이민호 | 땅값. 몇 만원 했더라고요. 몇 천원, 몇 만원. 그때의 강남 자체가 충격이었어요. 저는 태어났을 때부터 강남이라는 곳

은 부자동네, 물가 비싸고 뭔가 갈 때는 차려입고 가야 할 것 같은 그런 이미지인데 70년대의 강남은 그냥 아무것도 없는 황무지라는 사실 자체가 가장 큰 쇼크였던 것 같아요. 저의 주 생활권인 강남이 어떻게 생기게 되었는지. 같은 땅을 밟고 있지만 다른 느낌. 그런거죠. 제가 영화 시작할 때 생각했던 그 느낌을 이 영화를 통해서 많이 느꼈습니다.

박지윤 | 감독님 입장에서도 땅 얘기가 나올 때 그때 내가 땅을 샀어야 되는데 하는 마음보다는 그 시절을 지나온 시대적인 아픔이 묻어나길 바라셨던 거죠? 이 영화를 통해서.

유하 | 이 영화 보고 그때 땅 몇 평이라도 사놓을걸 하는 사람도 있겠지만, 저는 그거보다도 땅이 고리타분한 얘기일 수도 있겠지만 어떻게 보면 가장 절실한 얘기일 수도 있죠. 땅이 투기의 대상이 된다는 게… 상당히 근대화의 그림자가 짙게 드리웠던 시절이 아닐까 싶습니다.

Q. 감독님께 질문드릴게요. '폭력 삼부작'의 완결편이라고 스스로 말씀하셨고 감독님의 전작 영화 〈말죽거리 잔혹사〉나 〈비열한 거리〉를 보면 유하 감독만의 특별한 색채 중의 하나가 배

우들간의 합이 맞춰져 있는 것 같지 않은 치열한 막싸움 식의 액션이 굉장히 인상적이거든요. '폭력 삼부작'이라는 이름도 있고 〈말죽거리 잔혹사〉부터 시작해서 〈비열한 거리〉, 〈강남 1970〉까지 점차 진화하면서 감독님이 느끼신 바 혹은 '폭력 삼부작'에 담고 싶었던 주제에 대해서 폭넓게 설명 부탁드리겠습니다.

유하 | 사실 폭력을 주제로 해서 만든 건 아니고요. 아주 엄밀하게 말하면 '강남 삼부작'이라 불러도 맞는 것 같아요. 〈비열한 거리〉도 그렇고 〈말죽거리 잔혹사〉도 그렇고 강남을 무대로 하고 있거든요. 이 영화는 〈말죽거리 잔혹사〉의 프리퀄 같은 작품일 수도 있겠지만 이 강남이라는 공간이 어떻게 형성됐는지에 대한 시원을 얘기하고 있기 때문에 그런 의미에서 완결편이라는 얘기를 드린 것입니다. 폭력이나 액션에 대한 묘사는 〈말죽거리 잔혹사〉 때는 교복을 입은 아이들의 수컷성을 과시하는 액션이었고, 〈비열한 거리〉 같은 경우에는 조폭들의 생존을 위한 액션. 그리고 이 〈강남 1970〉은 아무래도 허허벌판에서 황무지에서 건달들이 대리인으로서 대리 전쟁을 수행하는 어떻게 보면 굉장히 원초적인 액션이죠. 여기에는 농기구도 많이 나옵니다 논두렁 깡패들이 싸우는 것이기 때문에 〈비열한 거리〉보다

조금 더 폭력적이고 조금 더 핏빛이 우러나오는, 처절하고 원초적인 액션입니다.

박지윤 | 네, 삼부작을 통해서 담아냈던 배경들의 원초가 되는 그 지역의 시기이니까요. 단순한 액션만 보고 감탄하실 수 있겠지만, 그 치열한 싸움 속에 담긴 인간 본성, 그리고 따뜻한 감상까지 느끼셨으면 좋겠습니다. 이상으로 질의응답을 마무리하고요. 마지막으로 감독님과 배우분들, 관객들에게 전하고 싶은 메시지가 있다면 한 말씀 들어보겠습니다. 정진영 씨부터 부탁드릴게요.

정진영 | 저도 아직 최종 편집본 완성을 못 봤습니다만, 후시 녹음하면서 봤던 영화에 대한 저의 느낌은 감독님이 이 영화 속에서 굳이 멋을 부리려 하지 않았기 때문에 아주 멋있는 영화가 되었다는 것입니다. 그렇게 기대를 했고, 감독님의 예전 작품처럼 굉장히 멋있는 영화라고 자신 있게 얘기합니다. 많은 기대 가져주시고요. 성원 부탁드립니다.

김래원 | 이제 1월 21일 개봉을 앞두고 있는데요. 날씨 추운데 오늘 많이 와주셔서 감사드립니다.

이민호 | 최대한 진심을 담아서 연기를 하려고 노력했습니다. 감독님이 이야기하고자 하는 메시지와 우리 배우들의 진심이 통할 수 있는 그런 작품이 되었으면 좋겠고요. 와주셔서 감사드립니다.

유하 | 〈강남 1970〉은 아주 소박하게 얘기하자면 의식주라는, 우리를 둘러싼 가장 기본적인 요소들에 관하여 한번쯤 생각해볼 수 있는 영화라고 생각합니다. 1월 21일에 개봉하니까 많이 봐주시길 바랍니다. 감사합니다.

일시: 2014년 12월 12일
장소: CGV압구정 1관
참석자: 유하 감독, 이민호, 김래원, 정진영

강남
1970